LENA GORELIK | Meine weißen Nächte

LENA GORELIK

Meine weißen Nächte

Roman

Diana Verlag

Mix
Produktgruppe aus vorbildlich bewirtschafteten Wäldern und anderen kontrollierten Herkünften

Zert.-Nr. SGS-COC-1940
www.fsc.org

Verlagsgruppe Random House FSC-DEU-0100
Das für dieses Buch verwendete FSC-zertifizierte Papier *München Super* liefert Mochenwangen Papier.

Taschenbucherstausgabe 09/2006
Die gleichnamige Originalausgabe erschien 2004 beim SchirmerGraf Verlag.

Printed in Germany 2006
Umschlagmotiv | Anja Filler
Umschlaggestaltung | Hauptmann & Kompanie Werbeagentur, München–Zürich, Teresa Mutzenbach
Herstellung | Helga Schörnig
Satz | C. Schaber Datentechnik, Wels
Druck und Bindung | GGP Media GmbH, Pößneck
Gedruckt auf chlor- und säurefreiem Papier

ISBN-10: 3-453-35106-1
ISBN-13: 978-3-453-35106-6

http://www.diana-verlag.de

Für meine Familie,
die mir immer ein Zuhause war,
auch, als wir keins hatten.

Und für Peter.

Eins

Alle haben eine Party bekommen, nur ich nicht. Die anderen feiern sogar mehrere Partys, aber ich bin ja die Kleine, und meine Mutter erklärt mir, daß es zu anstrengend wäre, noch etwas extra für mich zu organisieren. Meine zwei besten Freundinnen dürfen bei mir übernachten, ein letztes Mal, das ist Aufregung genug. Es sind Abschiedspartys, der Abschied ist für immer, denken wir in diesem Moment. Wir wandern von Sankt Petersburg nach Deutschland aus. Meine Großmutter lädt zweimal ein, ihre ehemaligen Kollegen und dann ihre Freunde. Meine Eltern geben auch jeweils eine Party für ihre Kollegen und noch mehrere gemeinsame für Freunde und Verwandte. Auf meine Tanten und Onkel freue ich mich auch. Mein Bruder verabschiedet sich mit nur einem Fest, aber in dieser Nacht müssen meine Eltern und ich bei meiner Tante schlafen, und am nächsten Morgen sagt meine Mutter, wie gut, daß wir schon fast alles eingepackt haben, sonst wäre bestimmt nichts heil geblieben. Ich finde, die Wohnung sieht gar nicht so schlimm aus, und außerdem bin ich beleidigt, weil ich nicht auf die Party meines Bruders eingeladen war, schließlich kenne ich fast alle seine Freunde. Ich bin elf, er ist achtzehn.

In unserem Wohnungsflur hängt ein Zettel, auf den mein Vater die Daten unserer Abfahrt geschrieben hat: 2. Mai 1992 23.55, und darunter steht: »Wer kommt?« Der Zettel soll einfach an das Abreisedatum erinnern, und die Frage ist nicht ernst gemeint, aber die meisten, die zu den Abschiedspartys kommen, tragen sich darunter ein, »ich« steht nun in unzähligen Schriften und Farben auf dem Blatt, und bald reicht der Platz nicht mehr. Irgend jemand hängt einen zweiten Zettel darunter und schreibt drauf: »Ich will auch unbedingt kommen!«, und bald ist auch auf diesem kein Platz mehr.

Am letzten Abend vor der Abfahrt sind nur noch die nächsten Verwandten da und die besten Freunde, aber das sind immer noch viele. Mein Onkel Boris macht Fotos von mir und Asta, es sind die einzigen, die jemals von mir und meinem Hund gemacht worden sind, und ich drücke mich immer wieder an ihn. Die Verwandten streichen mir im Vorbeigehen über den Kopf.

Meine Eltern machen an diesem letzten Abend »ihre« Wodkaflasche auf. Als sie das tun, wird es unheimlich still im Raum, und ich drücke mich noch fester an Asta, mir ist die Stille unangenehm. Als der Wodka eingeschenkt wird, scheint der Lärm, der plötzlich entsteht, unnatürlich, das macht mich traurig. Die Wodkaflasche haben meine Eltern zu ihrer Hochzeit geschenkt bekommen, auf dem Etikett haben damals alle Gäste unterschrieben, sie sollte bei ihrer silbernen Hochzeit getrunken werden. Jahrelang hatte die Flasche einen besonderen Platz im Schrank, ich hatte sie immer wieder ehrfürchtig angeschaut, versucht, die Unterschriften zu entziffern, sie ganz vorsichtig in die Hände genommen, immer mit dem Wissen, ich darf sie auf keinen Fall fallen lassen. Heute ist nicht einmal ihr Hochzeitstag, schon gar nicht der silberne, aber die Flasche ist nun leer. Meine Eltern hatten sich überlegt, daß sie all ihre Freunde und Verwandten bei ihrer silbernen Hochzeit wahrscheinlich nicht sehen werden, und sie deshalb heute aufgemacht. »Diejenigen, die damals unterschrieben haben, sollen sie auch austrinken«, hatte mein Vater gesagt.

Nach der Party nimmt mein Cousin Asta mit, für immer, wir dürfen sie nicht mit nach Deutschland nehmen. Der Brief, den wir vom deutschen Konsulat auf unsere Anfrage hin erhielten, ob wir denn einen Hund mitbringen dürften, fing mit dem Wort »leider« an. Das ist das einzige deutsche Wort, das ich kenne. Ich weine die ganze Nacht hindurch. Meine Mutter vergießt auch immer wieder ein paar Tränen, jeder nimmt mich in den Arm und sagt, daß wir sie alle geliebt haben, aber ich schreie »Verräter« und schließe mich in meinem leeren, plötzlich so groß scheinenden Zimmer ein.

Meine Mutter wiederholt in dieser Nacht immer wieder, daß der nächste Tag sehr anstrengend sein wird, daß die nächsten beiden Nächte im Zug auch nicht einfach werden, aber heute schläft keiner von uns.

Eine Woche zuvor haben meine Eltern über Umwege Steve kennengelernt. Steve ist Amerikaner, ein Pastor. Seit dem Beginn der Perestroika kommen immer mehr amerikanische Pastoren nach Rußland, um die ungläubigen Russen zu bekehren. Ihre Predigten werden im Fernsehen übertragen, Religion ist plötzlich modern. Im Kommunismus wurden diejenigen, die an Gott glaubten, ausgelacht. Steve ist nett, er zeigt uns Fotos von seinen drei Kindern in Amerika, sie sind in meinem Alter. Sie werden ihm zusammen mit seiner Frau bald nach Sankt Petersburg folgen. Ich bin die einzige in der Familie, die Englisch spricht, ich war auf einer sogenannten »Englischen Schule«, und da Steve noch nicht besonders gut Russisch kann, muß ich übersetzen, was er erzählt. Einmal fragt er mich, ob ich mich auf Deutschland freue, und bevor ich antworten kann, streichelt mir meine Mutter über den Kopf und sagt: »Sie freut sich auf Barbies. Wissen Sie, was Barbies sind?« Steve lacht, er hat das Wort »Barbie« verstanden, klar wisse er, was das ist, er habe zwei Töchter. Ich freue mich tatsächlich auf Barbies, auf echte Barbies. In Sankt Petersburg gibt es nur Nachahmungen zu kaufen, sie heißen Petra und Alice und Julia, aber wir Kinder wissen, was echte

Barbies sind. Ein Mädchen aus meiner Klasse besitzt eine echte Barbie: Sie hat wunderschöne blonde Lokken, ein feines pinkfarbenes Kleid, aber vor allem lassen sich ihre Beine in den Knien beugen. Die Petras und Alices und Julias sind ganz primitiv gefertigt, zwei aufeinandergeklebte Körperhälften aus Plastik, unsaubere Nähte, glatte Haare. Trotzdem kosten sie ein Vermögen. Sie sind in den Kiosken ausgestellt, die seit einem Jahr an jeder Metrostation aus dem Boden geschossen sind und Billigwaren aus Polen und der Türkei verkaufen. Bei unseren ausgedehnten Spaziergängen zeige ich meiner Großmutter und Asta sehnsüchtig all die Petras und Alices in den Schaufenstern der Kioske. Zum Geburtstag bekomme ich dann von meiner Großmutter eine Petra, es ist die billigste, die es zu kaufen gibt, und trotzdem viel zu teuer für meine Familie. Das Mädchen aus meiner Klasse mit der echten Barbie sagt: »Sie hat ja nicht mal ein Kleid an«, aber ich liebe meine Petra. Meine Petra trägt einen geblümten Body.

Am Abreisetag klingelt es ein paar Stunden, bevor wir zum Bahnhof aufbrechen wollen, an der Tür, und alle wundern sich, wer das noch sein kann. Es ist Steve, der sich nur schnell verabschieden wolle, erklärt er, sein Chauffeur warte unten, aber er habe noch eine Kleinigkeit vorbeibringen wollen. Er drückt mir eine Schachtel in die Hand, es ist eine pinkfarbene Schachtel, auf der »Barbie« in lateinischen Buchstaben, auf englisch, geschrieben steht, eine echte Barbie, mit blonden Locken und Kleid und extra verpackten Schühchen. Kurz vergesse ich Asta und Deutschland und das ganze Gepäck im Flur und starte eine Telefonkette an meine ganze Klasse, jeder soll erfahren, daß ich nun eine Barbie besitze. »Aber sagt weiter, daß es eine echte ist, in einer richtigen Schachtel, nicht in einer Klarsichttüte wie die Petras und Julias!« erinnere ich meine Freunde mehrmals.

»Pack sie doch aus«, sagt meine Mutter, und mein Bruder will mir die Schachtel aus der Hand nehmen und sie aufreißen, aber ich will nicht, ich zögere den aufregenden Moment noch hinaus. Ich habe ein wenig Angst, daß ihre Beine sich nicht in den Knien beugen lassen.

Am Bahnhof sind so viele Menschen, daß ich gar nicht weiß, von wem ich mich zuerst verabschieden soll. Wir gehören zu den ersten Auswanderern nach Deutschland. Ob wir noch einmal nach Rußland kommen können, ob wir unsere Verwandten und Freunde noch einmal wiedersehen werden, wissen wir nicht. Mein Cousin erzählt, daß Asta nichts fressen wolle und schnüffelnd durch die Wohnung laufe, sie suche nach uns. Ich will das nicht hören. Meine besten Freundinnen sind auch da, ihre Mütter haben sie hergebracht. Sie sind ganz ungeduldig und wollen die Barbie unbedingt sehen. Wir packen sie gemeinsam aus.

»Anja, verabschiede dich doch von uns, laß dich drücken«, sagt meine Tante mit Tränen in den Augen, und ich lasse mich von allen umarmen, aber sobald sie mich loslassen, renne ich zu meinen Freundinnen, und wir bewundern die Barbie gemeinsam. »Komm schon, jetzt beug mal die Beine«, sagt eine von ihnen. Die Echtheitsprüfung. Ich drücke also auf das linke Knie, ganz vorsichtig, und – es läßt sich nicht beugen. »Es läßt sich nicht beugen«, rufen wir drei aufgeregt, »das kann doch gar nicht sein, sie ist doch echt, in einer echten Verpackung!«

Als der Zug abfährt, stehe ich am Fenster, drücke meine Nase gegen das dreckige Glas, winke und sage mir immer wieder, daß ich meine Heimatstadt, meine Verwandten, meine Freunde und Asta wahrscheinlich nie wiedersehen werde, aber glauben kann ich es nicht. Merk dir diesen Augenblick, sage ich mir, als der Zug aus dem Bahnhof hinausfährt, aber alles, was ich sehe, sind Dunkelheit und ein paar Laternenlichter. Ich drehe mich um und gehe in unser Abteil. Es sind vier Liegen in jedem Abteil, wir sind zu fünft, meine Eltern, mein Bruder und meine Großmutter, außerdem noch meine Tante, die mit uns aber nur bis zur Grenze fährt, für den Fall, daß die russischen Zollbeamten uns einzelne Gegenstände nicht mitnehmen lassen. Manchmal nehmen sie Ausreisenden Sachen weg, die sie gut verkaufen können, aber oft behalten die Zöllner auch das ein, was sie nicht gebrauchen können, wie Medikamente, einfach aus Jux und Tollerei. In diesem Fall kann meine Tante die Sachen, die sie uns nicht mitnehmen lassen, wieder nach Petersburg bringen. Wir haben ein ganzes Abteil und zwei Liegen im Abteil nebenan gebucht. Meine Familie sitzt still am Tisch, als ich ins Abteil komme, nur meine Tante redet wie immer, und meine Großmutter weint.

»Die Beine der Barbie lassen sich nicht beugen«, teile ich ihnen mit, auf dem Bahnsteig hatte mir niemand zugehört.

»Gib mal her«, sagt mein Bruder, aber ich verstecke die Puppe hinter dem Rücken, aus Angst, er könnte sie kaputtmachen.

»Bist du vorsichtig?«

»Ja«, verspricht er.

»Ganz bestimmt?«

»Ganz bestimmt.« Ich reiche ihm die Barbie, er drückt gegen das Knie, es knirscht ein wenig, dann knickt das Bein leicht ein.

»Es geht«, schreie ich, »es geht! Die Knie lassen sich beugen!« Mein Bruder zeigt mir, wie es funktioniert, er hat einfach etwas stärker gedrückt, ich war zu vorsichtig gewesen. Er bewegt die Barbie-Beine ein paarmal hin und her, aber ich ermahne ihn: »Hör auf, wenn man das zu oft macht, geht sie bestimmt kaputt.«

»Wir fahren gerade aus Sankt Petersburg raus«, sagt mein Vater.

Am nächsten Mittag passieren wir den Zoll, und meine Tante steigt wieder aus. Sie hat eine kleine Tasche mit Sachen, die wir nicht mitnehmen durften, nichts Überlebenswichtiges, wir haben Schlimmeres befürchtet. Mit dem nächsten Zug wird sie zurück nach Petersburg fahren. Ich habe ihr einen Zettel geschrieben mit den Telefonnummern meiner Freundinnen, sie hat den wichtigen Auftrag, alle anzurufen, sobald sie ankommt, und ihnen die wunderbare Nachricht zu übermitteln, daß sich die Barbie-Beine doch beugen lassen. Meine Tante steht vor dem Fenster – noch einmal Abschied nehmen –, meine Großmutter weint wieder, und meine Tante ruft ganz laut: »Viel Glück in Deutschland! Schreibt uns! Wir lieben euch!«

Ich winke und schreie zurück: »Ruf meine Freundinnen an, sag ihnen, daß sich die Barbie-Beine beugen lassen!«

Zwei

Lara, Jan und ich sitzen im Biergarten am Chinesischen Turm, teilen uns zwei Maß, Jan schaufelt Knödel und Blaukraut in sich hinein, er stammt aus Norddeutschland und liebt bayerisches Essen noch mehr als mich, ich knabbere an einer Riesenbrezel, und Lara, die eigentlich verkündet hatte, sie habe keinen Hunger, reißt sich immer wieder Stücke davon ab. Es ist Sommer und sehr warm, ich habe die Schuhe ausgezogen, und meine Zehen spielen mit den Kieselsteinen unter dem Tisch, ein großer, verstrubbelter Hund, der schläfrig am Nebentisch liegt, starrt mich an. Ich würde ihn gerne streicheln, aber sein einsames Herrchen ist bereits bei der dritten Maß und sieht nicht so aus, als ob er sich darüber freuen würde. Wir machen uns lustig über das ältere knutschende Pärchen, das ein paar Tische weiter sitzt. Der Mann trägt einen schicken grauen Anzug und hat seine Krawatte gelockert, die Frau hat ein buntes Sommerkleid und Flipflops an, für die sie zu alt wirkt, und wenn sie sich küssen, sieht es aus, als würden sie einander aufessen. Wir sind uns sicher, daß er verheiratet ist und mit dieser Frau in seiner Mittagspause fremdgeht.

»Bestimmt ist seine Frau ganz mager und tut nichts anderes, als teure Klamotten zu kaufen«, sagt Lara.

»Oder sie arbeitet ehrenamtlich in verschiedenen gemeinnützigen Verbänden und ist ein total guter Mensch, aber der Typ da ist zu oberflächlich, um das zu sehen«, schlägt Jan vor.

Ich sage nichts. Ich spüre den Kies unter meinen Füßen, mir gegenüber sitzen mein Freund und meine beste Freundin, es ist Sommer, ich bin faul und glücklich. Es ist schön, daß Lara und Jan sich auch ohne mich verstehen. Lara nimmt mir die Brezel aus der Hand und reißt sich noch ein Stück ab.

»Ja, und während die Frau kleine Flüchtlingskinder besucht und ihnen etwas zu essen bringt, knutscht er hier herum«, spinnt Lara kichernd Jans Geschichte weiter.

»Ja, genau, sie ist so eine Frau wie Christa, die euch immer im Wohnheim besucht hat, oder, Anja?« sagt Jan zu mir. Er lächelt, das Geschichtenerfinden macht ihm Spaß. Er merkt gar nicht, daß er meine Sommeridylle kaputtgemacht hat.

»In welchem Wohnheim hat dich jemand besucht?« fragt Lara, die aufmerksame Lara.

Ich werfe Jan einen Blick zu, der sagt: Kannst du deine verdammte Klappe nicht halten?

»Ach, als wir nach Deutschland gekommen sind, haben wir erst mal in einem Asylantenwohnheim gewohnt«, erkläre ich, möglichst beiläufig. Ich zupfe an der Brezel herum, schaue nicht hoch und hoffe, daß ich abweisend genug geantwortet habe. Ich habe keine Lust, mehr dazu zu sagen.

»Ihr habt am Anfang in einem Wohnheim gelebt? Wie lange denn? Davon hast du ja nie was erzählt!« sagt Lara.

Es gibt Gründe dafür, daß Lara nichts von dem Wohnheim weiß. Es gibt Gründe dafür, warum Jan es nicht hätte erwähnen dürfen. Das Wohnheim ist weit weg, zwölf Jahre und über dreihundert Kilometer weit weg, in meinem Leben hier gibt es kein Wohnheim, es hat mit Bier am Nachmittag und dem Kies unter meinen Füßen und sinnlosen Gesprächen im Sommer zu tun. Lara ist meine beste Freundin, mit der ich über Jan rede und nicht vorhandene Beziehungsprobleme, mit der ich Univorlesungen für einen Kaffee schwänze und für Frauen gemachte peinliche Hollywood-Filme anschaue. Ich wurde in Rußland geboren und bin mit elf Jahren nach Deutschland gekommen, das reicht als Info für sie. Ich will nicht über das Wohnheim reden. Das Wohnheim führt zu unangenehmen Fragen. Es setzt mich ab, macht mich von einer russischen Exotin zu einem Fremdkörper, weil doch Wohnheim – und dann auch noch ein Asylantenwohnheim – na ja, schon komisch ist. Lara ist in einem wunderschönen Haus mit großem Garten am Starnberger See aufgewachsen. Mir ist das recht so: Sommer, drei Freunde und in den Tag träumen, und das Wohnheim, was ja nun wirklich keine schöne Erinnerung ist, sehr weit weg.

Am Rand der Stadt, da, wo keine Häuser mehr sind, sondern nur noch ein paar leerstehende amerikanische Kasernen hinter Stacheldraht, hier ist das Wohnheim, ebenfalls hinter Stacheldraht, genauso wie wir. Lange braune einstöckige Baracken mit sehr dünnen Wänden, einmal habe ich einen Dokumentarfilm gesehen über ein Gefängnis, da sah es genauso aus. In den Baracken wohnen Asylanten, Ausländer, die auf eine Aufenthaltsgenehmigung warten und kein Wort Deutsch können und alle paar Tage Essensrationen ausgeteilt bekommen.

Und wir, Status Kontingentflüchtlinge mit unbefristeter Aufenthaltsgenehmigung, »die besseren« Ausländer also, die wir hier zufällig und fälschlicherweise gelandet sind, die Stadt war auf die jüdischen Zuwanderer aus Rußland nicht vorbereitet gewesen, auch für uns ist es anderthalb Jahre lang Zuhause. Unser Zimmer: zwölf Quadratmeter, zwei Stockbetten und eine dünne Matratze auf dem Boden, ein Tisch, ein Schrank für alle. Mein Vater und ich schlafen jeweils im oberen Bett, mein Bruder auf der Matratze, und als er später zum Studieren wegzieht, sind wir alle froh, wir haben jetzt richtig viel Platz. Meine Großmutter, fast achtzig Jahre alt, jammert viel und weint, sie wünscht sich in ihre alte Wohnung nach Rußland zurück. Meine Eltern streiten viel, weil jeder auf zwölf Quadratmetern streiten würde, weil wir uns den Duschraum und die Küche mit siebzehn anderen Familien aus Rußland teilen und Privatsphäre ein nicht vorhandener Luxus ist. Und ich, ich bin elf Jahre alt und verwirrt, weil Barbies in Deutschland nicht so billig sind wie in meiner Vorstellung, ich kein Wort dieser Sprache verstehe und deshalb in der Schule außer im Matheunterricht nie weiß, welches Fach wir gerade haben. Ich bin elf Jahre alt und habe also nichts zu sagen.

Im ersten Sommer im Wohnheim leihe ich mir jede Woche mehrere Kinderbücher aus der Stadtbibliothek, lese sie draußen, im Gras liegend. Wenn ich aufschaue, sehe ich den Stacheldraht und den Himmel, und als die Schule wieder anfängt, kann ich ganz passabel Deutsch und finde Freunde. Meine Eltern schreiben unseren Verwandten nach Rußland, ihr geht es gut, sie kann sogar schon ziemlich gut Deutsch und hat Freunde. Aber meine Freunde in der Schule haben Scout-Schulranzen und Pelikan-Füller, und ich traue mich nicht einmal, meine Eltern zu fragen, ob ich Wasserfarben bekomme, obwohl der Lehrer sagt, ich bräuchte sie für den Unterricht. Meine neuen Freundinnen sind sehr nett, oft spielen wir nachmittags bei ihnen zu Hause, und wenn ich abends nach Hause radle (ich habe ein eigenes Rad, es ist vom Flohmarkt, aber es ist meins, nachts steht es in unserem Zimmer zwischen Tisch und Schrank, damit es nicht geklaut wird), stelle ich mir vor, meine Familie würde in dem Haus wohnen, aus dem ich gerade komme. Es ist mein Lieblingsspiel. Von Sandra, einer Freundin, leihe ich später unter einem Vorwand einen Quelle-Katalog aus und blättere in meinem Stockbett vor dem Schlafen immer wieder die Möbelseiten durch, um mir die Einrichtung unseres Hauses besser ausmalen zu können.

Sandra fragt ständig, wann wir mal bei mir spielen können, und irgendwann fallen mir keine Ausreden mehr ein, und wir radeln zum Wohnheim. Ich weiß nicht, wo wir spielen sollen, im Zimmer ist kein Platz, da ist meine ganze Familie, und draußen vor dem Wohnheim sind Albaner, die uns Sachen verkaufen wollen und auf albanisch herumbrüllen, und ich habe Angst, daß Sandra das nicht so toll findet und daß ihr Fahrrad geklaut wird. Sandra schaut sich neugierig um, als wir im Wohnheim ankommen, neugierig und befremdet, und ich schäme mich so fürchterlich, denn im Haus stinkt es immer, und draußen sind die Albaner. Ich will, daß Sandra wieder geht, und sobald wir im Barackenflur sind, sage ich: »Oh, ich habe unseren Zimmerschlüssel vergessen, wir können also heute doch nicht hier spielen, meine Eltern sind nämlich gar nicht da.« In diesem Moment kommt mein Vater aus unserem Zimmer in den Flur, er sieht uns und winkt, er will meine Freundin kennenlernen, aber ich nehme Sandra an der Hand und ziehe sie nach draußen. Ihr Fahrrad ist zum Glück noch am Zaun angeschlossen.

Wir spielen an diesem Nachmittag wieder bei ihr, sie hat ein Zimmer für sich alleine, ihr Bruder auch, und ihre Mutter macht Pizza für uns, die erste Pizza in meinem Leben. Später, im Wohnheim, fragt mich mein Vater, warum ich denn mit meiner Freundin so schnell weggerannt sei und ob ich mich schäme. Ich will nicht antworten, ich will nicht ja sagen, denn ich bin elf und habe zufrieden zu sein, meine Eltern streiten sich immer, und meine Großmutter weint, ich bin elf und zufrieden. Aber ich erzähle meinem Vater von der leckeren Pizza, und am nächsten Tag kauft er Tiefkühlpizza bei Aldi. Wir haben keinen Backofen im Wohnheim, also schneidet mein Vater sie in Stücke, und die braten wir in der Pfanne, meine zweite Pizza.

Ich knabbere an der Brezel und schaue nicht hoch. Jan nimmt über den Tisch hinweg meine Hand. Lara nimmt meine andere Hand. Das muß komisch aussehen, ein Mann und eine Frau halten über den Tisch hinweg jeweils eine Hand einer anderen Frau, und vor ihnen stehen zwei Maßkrüge auf dem Tisch. Wir schweigen noch ein bißchen, ich starre die Brezel an, obwohl ich Laras und Jans Blicke auf mir spüre, und dann halte ich es nicht mehr aus und sage: »Wollen wir nachher noch ins Kino gehen?«

Drei

Jan schaut mich nicht an. Dafür grinst mir der gutaussehende Typ, der sich am Fenster mit einem Freund unterhält, immer wieder zu. Ich grinse zurück. Er ist groß, schlank und braungebrannt, und unter den kurzen Ärmeln seines karierten orangenfarbenen Hemdes schauen muskulöse Arme hervor. Nicht zu muskulös, sondern genau richtig, männlich. Jan sitzt mit zwei Kollegen auf der Couch, trinkt Bier und winkt mir manchmal zu, wenn ich an ihnen vorbeilaufe. Er winkt mir zu, aber mich nicht zu sich. Ich unterhalte mich mit verschiedenen Leuten, die ich allesamt nur mäßig interessant finde, hole mir immer wieder Mousse au chocolat vom Büffet und hoffe, daß Lara bald auf der Party auftaucht.

Immer, wenn ich zu dem gutaussehenden Typen am Fenster schaue, guckt er mich gerade an. Ich freue mich darüber. Jan trinkt immer noch Bier mit seinen Kollegen. Ich überlege mir, ob ich mich zu ihnen setzen soll, dann sieht der Fenstertyp, daß ich einen Freund habe, mit dem ich sogar hier bin, aber dann sage ich mir, daß sie bestimmt über ihre Arbeit reden, was mich ziemlich langweilt, Jan ist Chemiker und forscht in einem Unilabor, und Flirten ist ja in Ordnung. Ich grinse noch einmal Richtung Fenster. Ist Flirten in Ordnung, wenn der eigene Freund auf derselben Party ist? Warum flirte ich nicht lieber mit Jan? Warum sitzt er lieber auf der Couch, anstatt mit mir zu flirten? Und wo bleibt Lara, mit der ich diese Probleme besprechen könnte?

»Du stehst so ganz ohne Getränk da, soll ich dir eins aus der Küche mitbringen?« fragt der hübsche Mann mit den muskulösen Armen plötzlich neben mir.

»Da wollte ich gerade selbst hin und mir was mixen«, antworte ich und frage mich, ob das jetzt eine unfreundliche Abfuhr war. So war es zumindest nicht gemeint.

»Ich wollte mir einen Wodka-Lemon mixen. Magst du auch einen?« füge ich hinzu.

»Das klingt gut«, antwortet er. Aus der Nähe ist sein Lächeln nicht ganz so hübsch.

Er heißt Martin. Und er ist gerade vom Tauchen aus Ägypten zurückgekommen. Tauchen ist der tollste Sport überhaupt. Das alles erfahre ich auf dem Weg zur Küche. Mich fragt er nicht einmal nach meinem Namen.

»Russisch oder deutsch?« frage ich ihn in der Küche, ich habe schon eine Flasche Wodka, eine Flasche Bitter Lemon und zwei Gläser bereitgestellt. Normalerweise biete ich nur guten Freunden, die alles über mich wissen, die Wahl zwischen einem russischen oder einem deutschen Wodka-Lemon an. Ich bin selbst überrascht, daß mir die Frage herausgerutscht ist. Ich wollte einfach nur seinen Redeschwall unterbrechen. Es ist nicht alles Gold, was glänzt, fällt mir ein.

»Was ist denn der Unterschied?« fragt er. Ich wußte, daß diese Frage kommt.

»Der Unterschied ist einfach: In einem russischen Wodka-Lemon ist mehr Wodka drin, er ist nur zur Hälfte mit Bitter Lemon aufgefüllt«, erkläre ich. Hoffentlich klinge ich nicht zickig.

Martin schaut mich an. Vielleicht akzeptiert er das als Antwort und bohrt nicht weiter, denke ich, vielleicht erzählt er weiter von seinem Tauchurlaub.

»Woher weißt du, wie man einen richtigen russischen Wodka-Lemon macht?« fragt Martin.

»Ich bin in Rußland geboren«, erkläre ich. Gleich kommt's. Das immer wiederkehrende unerläßliche »eeeecht?«.

»Eeeecht?« fragt Martin. Manchmal denke ich, Deutsche halten Russen für Außerirdische, die nicht wie Menschen aussehen, so erstaunt werde ich nach diesem »eeeecht?« immer angeschaut.

»Ja, echt«, antworte ich. In echt und wirklich.

»Und woher da?«

»Sankt Petersburg.«

Und jetzt noch einmal bitte.

»Eeeecht?«

Martin enttäuscht mich nicht.

»Ja, echt.« Ja, Martin, ich bin eine notorische Lügnerin und habe das alles erfunden. In Wirklichkeit stamme ich aus Ägypten, wo ich mein Leben mit Tauchen verbringe.

»Also, russisch oder deutsch?« frage ich noch einmal und halte ihm die Wodkaflasche vor die Nase.

»Ich glaube, ich nehme lieber einen deutschen«, antwortet Martin. Natürlich, mit einer Russin trinkt man keinen russischen Wodka. Die Russen, die saufen doch immer so viel. Beängstigend viel. »Die Nacht ist ja noch lang, vielleicht steige ich später um«, fügt er entschuldigend hinzu.

Ich mixe also einen russischen Wodka-Lemon für mich und einen deutschen für ihn. Komische Geschichte. Dostojewski hat kaum einer gelesen, aber Wodka saufen, das tun sie, die Russen, nicht wahr? Ich nippe an meinem russischen Wodka-Lemon und höre mir die üblichen Fragen an. Ob man Wodka schon zum Mittagessen trinkt, das hat er mal gehört. Ob alle Russen Wodka trinken. Ja, tun sie, eigentlich schon zum Frühstück, Wodka macht schneller wach als Kaffee. »Eeeeecht?«

»Und wann hast du deinen ersten Wodka bekommen?« fragt Martin.

»An meinem vierten Geburtstag«, antworte ich.

»Eeeecht?«

Bei uns zu Hause gab es nie Wodka. Meine Eltern trinken kaum Alkohol, außer wenn Besuch da ist. Und dann meistens Wein. Mein Vater trinkt mal sonntags ein Bier zum Mittagessen, wenn es heiß ist. Aber das erzähle ich diesem Martin nicht, der nicht halb so gut aussieht wie vorher aus der Ferne und ein großer spießiger Langweiler ist, der vom Geld seiner Eltern nach Ägypten zum Tauchen fährt und sich für sehr weltoffen hält. Die Vorstellung von den Russen, die mit Ohrenklappenmützen eine Flasche nach der anderen leeren, will ich keinem nehmen, die finde ich ja auch selbst sehr schön. Schade nur, daß sie nicht der Realität entspricht. Ich nippe an meinem russischen Wodka-Lemon und mixe mir noch einen, Martin schaut mich halb bewundernd, halb mitleidig an. Dabei ist es ganz einfach: Es gibt einen Trick. Man darf neben Wodka auf keinen Fall irgendeine andere Sorte Alkohol trinken. Das ist alles. Dann gibt es auch keinen Kater. Dann hat man einfach einen lustigen Abend. Und man muß »Sakuska« essen.

»Eeeecht? Was ist das denn?«

Ein Wort, das sich nicht übersetzen läßt. Man muß dem Wodka kleine Häppchen hinterherschieben, irgend etwas zum Essen, ein Stück Brot, eine Salzgurke, einen Hering, wenn man in Rußland trinkt, ein paar Chips oder Salzstangen, wenn man auf einer Party in Deutschland ist. Das verringert die Wirkung des Wodkas, und er brennt nicht im Rachen. Beachtet man diese beiden simplen Regeln, verträgt man auch größere Mengen von Wodka.

Wenn meine Eltern Besuch haben und doch mal Wodka getrunken wird (oft bringen ihn deutsche Freunde mit), gibt es immer wieder dieselbe Szene zu beobachten: Mein Vater holt Häppchen, deutsche Häppchen, keinen Hering wohlgemerkt, er hat sich sehr angepaßt, er holt Baguettescheiben mit Lachs oder Frischkäse zum Beispiel, stellt das Tablett vor den deutschen Freunden ab und sagt: »Nachessen.« Nachessen, sonst nichts. Nachessen ist die bestmögliche Übersetzung von »Sakuska«. Alle meine Versuche, ihm zu erklären, daß das erstens unhöflich und wie ein Befehl klingt und es zweitens kein Deutscher versteht, scheitern. »Nachessen.« Auf russisch heißt es ja auch einfach nur »Sakuska«. Sonst nichts, kein Bitte, keine Erklärungen.

»Nachessen«, sagt mein Vater, der sich immer sehr bestimmt anhört und in diesem Moment ganz besonders. Peinliche Stille entsteht.

»Nachessen«, wiederholt mein Vater.

»Was bedeutet Nachessen?« fragt endlich jemand.

»Nach Wodka muß man nachessen. Komm, nachessen«, erklärt mein Vater, verständnislos dreinschauend. Was sind sie nur schwer von Begriff, die Deutschen. Wenn man Wodka trinkt, muß man nachessen. Er nimmt sich ein Häppchen. Schließlich machen es ihm die deutschen Freunde nach. Er guckt zufrieden. Ich renne hinaus.

Martin erzählt mir etwas aus einem James-Bond-

Film, in dem die Russen die Bösen sind. Ich denke an meinen Vater und höre ihm nicht zu.

»Ja, so sind sie, die Russen«, antworte ich, als er eine Pause macht. Dann schiebe ich ihm eine Tüte Chips zu, die auf dem Tisch liegt, und sage: »Nachessen.«

Ich nehme meinen Wodka-Lemon und gehe aus der Küche, mir doch egal, wenn das unhöflich wirkt. Im Flur treffe ich Jan.

»Ich habe gerade nach dir gesucht«, sagt er und gibt mir einen Kuß auf die Stirn.

»Ich auch nach dir«, antworte ich, plötzlich glücklich, ihn zu sehen.

»Ich habe noch einen Wodka-Lemon für so einen komischen Typen gemixt«, erzähle ich ihm.

»Mußtest du ihm erklären, daß Puschkin ein Dichter und nicht nur ein Wodka ist?«

»Das zum Glück nicht. Aber er hat mindestens fünfmal ›eeeecht?‹ gesagt«, erzähle ich.

»Du Arme.« Jan streichelt mir über den Kopf und zieht mich Richtung Küche. »Mixt du mir auch einen Wodka-Lemon?« fragt er. »Ich hole uns inzwischen etwas zum Nachessen.«

Ich grinse: »Deutsch oder russisch?«

Vier

Russische Mütter sind eine Spezies für sich. Besonders schlimm sind russisch-jüdische Mütter. Sie sagen: »Die Erfüllung meines Lebens bist du. Ich wurde geboren, deine Mutter zu sein.« Sie sagen das ständig, nicht, weil sie besonders dramatisch sein wollen, und auch nicht in einem besonders emotionalen Moment, nein. Sie sagen das tagtäglich, kurz nachdem sie dir erklärt haben, daß du dich nicht um deine Familie kümmerst, daß du herzlos bist und ihnen das Herz brichst. Nicht weil du wirklich etwas falsch gemacht hast, nein, einfach so, weil das dazugehört. Deutsche Mütter fragen ihr Kind am Telefon vielleicht: »Na, wie geht's dir so?« Russische Mütter hingegen erzählen ihren Kindern in jedem Telefongespräch etwas von Lebenserfüllung. Sie treiben uns damit in den Wahnsinn oder zum Psychiater. Deutsche Eltern sind für sie keine Eltern. »Was sind das denn für Mütter, die ihre Kinder nur einmal in der Woche anrufen? Was sind das denn für Mütter, die ihren Kindern nicht jeden Abend gute Nacht wünschen?« Das Beunruhigende dabei ist, daß sie nicht von Vorschulkindern reden, sondern von Männern und Frauen, die selbst schon Kinder haben. Eine russische Mutter ruft selbst aus dem Urlaub im Ausland jeden Tag an. Jedes ihrer Kinder. Ich weiß, wovon ich rede. Ich habe so eine Mutter.

Manchmal sagt Jan, dessen deutsche Mutter niemals öfter als einmal pro Woche anruft: »Ich vergesse oft, daß du eigentlich Russin bist.« Manchmal vergesse ich das selbst. Dann sitze ich mit meinen Freunden zusammen und fühle mich einfach wohl. Bis mein Handy klingelt. Es ist immer, wirklich immer, meine Mutter, meine mich in den Wahnsinn treibende, sehr emotionale, sehr russische Mutter, sie sagt »priwet«, was »hallo« heißt, und vorbei ist es mit meinem Wohlgefühl. Sie ruft an, um mich zu fragen, ob ich zu Mittag gegessen habe, sie ruft aus Ludwigsburg in München an, um mir zu sagen, daß ich mich gut ernähren müsse. Ich bin nicht krank und auch nicht erst vor ein paar Tagen von zu Hause ausgezogen, es ist ein normaler Tag, ein Dienstag zum Beispiel, und würde meine Mutter jetzt nicht anrufen, dann würde ich mir Sorgen machen, daß ihr etwas passiert ist. Meistens, wenn Jan sagt: »Ich vergesse oft, daß du eigentlich Russin bist«, klingelt prompt das Telefon, meine Mutter ruft an und erinnert uns beide an meine Herkunft.

Meine guten Freunde müssen lachen, wenn mein Handy klingelt. Sie sagen: »Einen schönen Gruß an deine Mutter«, und meine besten Freunde, die mich lange und gut und auch meine Mutter kennen, fügen noch hinzu: »Und frag sie, wann sie dir wieder Frikadellen schickt, die waren so lecker.« Meine deutschen Freunde lachen über mich, aber meine russischen Freunde erzählen mir, meine Mutter sei ja recht eingedeutscht, ihre eigenen wären noch schlimmer. Ich sage zu meiner Mutter: »Ja, ich habe gegessen, und ja, natürlich liebe ich dich.« Sie sagt mir, daß mein Bruder und ich die Erfüllung ihres Lebens sind, und wirft mir vor, daß mir meine Familie egal ist. Ich denke währenddessen darüber nach, wie wundervoll die Welt gewesen sein muß, als das Telefon noch nicht erfunden war, aber dann fällt mir ein, daß meine technisch eigentlich unbegabte Mutter es in diesem Fall sehr schnell selbst erfunden hätte. Denn wie hätte sie überleben sollen, ohne mich alle zwei Stunden anzurufen und mich an Essen, das kalte Wetter, an ihre unendliche Liebe zu mir und an meine Pflichten meiner Familie gegenüber zu erinnern?

Mein Bruder ist aus geschäftlichen Gründen in München und besucht uns. Nachdem er das Auto geparkt hat, ruft er kurz vom Handy aus an und bittet uns, runterzukommen.

»Zieh deine Jacke an, wir müssen Andrej tragen helfen«, sage ich zu Jan.

Er schaut mich erstaunt an und fragt: »Was denn tragen? Ich dachte, er bleibt nur eine Nacht.«

Dann geht ihm ein Licht auf, er holt tief Luft, und ich hoffe inständig, daß meine Mutter mich nicht ausgerechnet jetzt auch noch anruft, und vor allem, daß Jan dann nicht den Hörer abhebt. Das Telefon klingelt tatsächlich, denn wann klingelt es mal nicht bei uns, und es ist bestimmt meine Mutter, aber wir sehen uns an und gehen nicht ran.

Wir laufen also runter, tragen Sachen hoch, bis unser Flur voll ist: Tüten und Körbe und eine Riesenreisetasche (wo nimmt sie die Dinger nur immer her?) und mehrere Rucksäcke und zwei Kästen Multivitaminsaft. Ich hasse Multivitaminsaft. Er ist gesund, sagt meine Mutter. Unser Kühlschrank ist klein und vor allem voll, und Jan schaut mich wütend an und fragt: »Hast du nicht heute früh erst zwei Stunden mit deiner Mutter telefoniert und ihr erklärt, daß wir nichts brauchen?«

Mein Bruder hebt die Hände in die Luft und sagt: »Hey, ich habe drei weitere Kisten Saft zu Hause gelassen, die sie euch auch noch unbedingt mitgeben wollte. Bedankt euch bei mir.«

Ich packe aus: Frikadellen (gehören in jeden Kühlschrank, sagen die russischen Mütter), vier Einweckgläser selbstgemachte Auberginencreme (von der ich einmal, nur ein einziges Mal, erwähnt hatte, daß sie gut schmeckt), Kartoffelsalat in rauhen Mengen, selbsteingelegte Gurken, selbstgemachte Marmelade, und außerdem: Zwiebeln, Kartoffeln, Möhren, Auberginen, Milch, Käse, Wurst, Butter, Brot und Brötchen, Mais-, Thunfisch- und Tomatendosen, Salat, Tomaten und zwei

Gurken. Es ist schon eine komische Sache: Meine Mutter hat ihr Studium mit Auszeichnung abgeschlossen, sie ist belesen und gebildet, sie hat mittlerweile viel von der Welt gesehen, aber sie scheint immer noch der Meinung zu sein, daß es in München keine Supermärkte gibt.

Jan packt auch aus, gegrillte Hähnchenschenkel und eine Mappe voller Zeitungsartikel, die meine Mutter für mich ausgeschnitten hat. Jan stellt alles auf dem Boden ab, denn der Kühlschrank ist voll, auf dem Tisch ist auch kein Platz mehr, und in die Schränke paßt schon seit dem letzten Besuch meiner Eltern nichts mehr rein. Er greift in eine weitere Tüte und holt eine Metalldose hervor, macht sie auf, darin sind Nadeln und Faden in allen Farben des Regenbogens, und schaut mich fragend an. »Als meine Eltern das letzte Mal hier waren, hat meine Mutter doch nach Nähzeug gefragt, und ich sagte, wir hätten keins«, erkläre ich ihm. Da läuft er aus dem Zimmer, und das Telefon klingelt, und meine mich in den Wahnsinn treibende Mutter, meine sehr emotionale, meine sehr russische Mutter sagt mit tränenerstickter Stimme: »Es tut mir so leid, ich habe vergessen, euch etwas von dem Lauchkuchen zu schicken, den ich gebacken habe!«

Fünf

Irgend jemand schnappte irgendwo irgend etwas auf. Das wurde dann – oft als großes Geheimnis und nur mit ausgewählten Personen – in der Küche des Wohnheims zwischen Töpfen und Herdplatten diskutiert. Irgend jemand anderes fügte ein weiteres Detail hinzu, bis sich ein einigermaßen sinnvolles Bild oder ein Rechercheauftrag ergab. Wir sind etwa sechzig russische Juden im Asylantenwohnheim, die nichts über das Leben in Deutschland wissen. So verbreiten sich die Informationen. Es gibt etwas, das nennt sich Kindergeld. Die Schulhefte tragen aus unerfindlichen Gründen Nummern, und Lehrer legen großen Wert darauf, daß die Kinder die Hefte mit den richtigen Nummern mitbringen. Eine Kurzstrecke ist billiger als eine normale Busfahrkarte. Was eine Kurzstrecke ist, muß aber noch einer herausfinden. Aldi ist billiger als Tengelmann. Irgendwo in der Innenstadt ist eine Bibliothek, jemand müßte mal schauen, ob es da auch Bücher auf russisch gibt. Im Supermarkt kann man so komische Päckchen mit Tee kaufen, in denen kleine Beutel sind, die jeweils für eine Tasse gedacht sind und mit einem

Faden versehen sind, damit der Beutel leichter aus der Tasse zu fischen ist (das konnte lange keiner glauben).

Irgend jemand schnappt irgendwo auf, daß es etwas gibt, das sich Flohmarkt nennt. Angeblich gibt es dort Unmengen von sehr billigen Sachen zu kaufen. Irgend jemand anderes kennt den Ort. Dieser befindet sich etwa fünf Kilometer vom Wohnheim entfernt, draußen ist es heiß, dreißig Grad, und unangenehm schwül. Auf dem Stadtplan sieht es nach einem kurzen Weg aus, alle Strecken werden gelaufen, Busfahren ist zu teuer, ein Auto oder ein Fahrrad besitzt niemand. Mein Vater, mein Bruder und noch ein paar Männer machen sich auf den Weg dorthin. Da keiner weiß, wann der Flohmarkt anfängt, laufen sie vorsichtshalber um sieben Uhr früh los. Das ganze Wohnheim ist um sieben wach, aufgeregt, erwartungsvoll, als zögen die Männer in den Krieg. Ich lauere am Tor, ich hoffe so sehr, daß sie mir ein Stofftier mitbringen, ein echtes Stofftier, der Junge aus einem der Nachbarzimmer besitzt so eins, er hat Verwandte, die schon länger in Deutschland leben und ihm einen Hund geschenkt haben, der mir fast bis zur Taille geht und der schönste Hund der Welt ist, wie wir alle finden. Insgeheim hoffe ich, mein Vater würde mir auch so einen Hund mitbringen, aber das gebe ich nicht zu. Ich habe ihm gesagt, ich wäre auch mit einem klitzekleinen Stofftier zufrieden. Mit irgendeinem, es muß auch kein Hund sein.

Gegen zwölf sehen wir sie zurückkommen, müde

und verschwitzt, in den Händen tragen sie nichts. Ich habe die Hoffnung auf einen Riesenplüschhund aufgegeben, aber mein Vater hat eine Tasche mit, vielleicht ist darin ein kleines Tierchen. Sie haben mir nichts mitgebracht, die Tasche ist leer. Sie haben nichts gekauft, weil ihnen alles so teuer vorkam und jede Familie doch nur ein Zimmer hat, das bereits voll ist mit den Sachen aus Rußland.

»Später«, sagt mein Vater, »wenn wir eine Wohnung haben, können wir hingehen und ganz viel kaufen.« Er erzählt mir von einem Nashorn, das sie dort gesehen haben, es soll unglaublich niedlich gewesen sein, aber zehn Mark gekostet haben. Ich bin in dieses Nashorn verliebt, ohne es gesehen zu haben, und überrede meine Mutter, mit mir auf den Flohmarkt zu gehen. Wir laufen los, meine Mutter, eine Nachbarin mit ihrer Tochter und ich. Es ist ein langer Weg, es ist heiß.

Der Flohmarkt ist riesengroß, und es scheint alles zu geben, was man sich nur wünschen kann, aber trotz langer Suche und trotz genauer Erklärungen meines Vaters finden wir den Stand mit dem Nashorn nicht. Ich bin den Tränen nahe, und schließlich kauft mir meine Mutter ein Nilpferd. Es ist ein blaues Nilpferd, kaum zehn Zentimeter groß, es hängt an einem roten Faden und ist für den Rückspiegel im Auto gedacht, es kostet fünfzig Pfennig und macht mich glücklich. Ein wunderbares Nilpferd, es baumelt an meinem Finger, zwar nicht einmal so groß wie die Pfote meines Traumplüschhunds, aber es ist meins, mein eigenes blaues Nilpferd.

Der Rückweg ist noch anstrengender als der Hinweg, vielleicht auch, weil die Vorfreude jetzt fehlt, es ist Nachmittag, und die Sonne brennt uns auf den Rücken. Die Tochter der Nachbarin, die noch jünger ist als ich, weint, weil sie solchen Durst hat, ich aber reiße mich zusammen und jammere nicht, weil ich doch ein Nilpferd bekommen habe. Irgendwann gehen wir an mehrstöckigen braun gestrichenen Wohnblocks vorbei, in der Mitte ist ein großer Hof mit einem Spielplatz.

»Hier wohnen bestimmt ganz reiche Menschen«, sagt das kleine Mädchen. »Können wir sie nicht fragen, ob wir was zu trinken haben können?«

Wir sind mittlerweile alle kurz vorm Verdursten, auch die Mütter, und im Hof spielen türkische Kinder, also fragen wir sie, ob wir vielleicht etwas zu trinken haben könnten. Sie gucken erst erstaunt, aber dann laufen sie ins Haus und holen uns eine Flasche Sprudel. Wir trinken abwechselnd, es schmeckt so gut, dieses Wasser mit Kohlensäure, wir trinken es alle zum erstenmal, erst dürfen wir Kleinen, dann die Mütter. Als die türkischen Kinder sehen, wie durstig wir sind, holen sie uns eine zweite Flasche, zum Mitnehmen. Meine Mutter bedankt sich ausgiebig, sie kann am besten Deutsch, aber auch wir sagen mehrmals »danke schön, danke schön, danke schön«.

Wir laufen weiter, hüten die Flasche wie einen Schatz, und irgendwann mal bleibt meine Mutter stehen und sagt zu der Nachbarin: »Kannst du dir vorstellen, daß es so reiche Leute gibt, daß sie sich Wasser in Flaschen kaufen, wo es das doch umsonst aus dem Wasserhahn gibt? Wir werden uns das ja wahrscheinlich nie leisten können, aber vielleicht unsere Kinder. Deshalb sind wir doch nach Deutschland gekommen!« Sie streichelt mir über den Kopf: »Hast du nicht ein Glück? Erst seit zwei Wochen sind wir in Deutschland, und schon hast du echtes gekauftes Wasser mit Kohlensäure probiert.«

Ich drücke das Nilpferd in meiner Hand. Klar bin ich ein Glückspilz.

Sechs

»Versuch es einfach mal mit Meditieren«, sagt mein Bruder.

Diesen Satz habe ich in letzter Zeit oft von ihm gehört. Weiterhin bietet er an, mir ein hinduistisches Mantra beizubringen, das mir bei der Lösung meiner Probleme helfen soll. Jan ist überzeugter Atheist und hat sich an seinen Computer zurückgezogen, als das Wort Buddhismus zum erstenmal fiel. Ich bleibe sitzen, weil Andrej mein Bruder ist.

»Wie soll mir Meditation bei der Jobsuche helfen?« frage ich und nippe an meinem Wein. Wir haben Frikadellen mit Kartoffelsalat gegessen, und ich leere nun den Rest der Rotweinflasche, die wir zum Essen aufgemacht haben. Mit Rotwein überstehe ich sowohl die Unmengen Frikadellen, die trotz unseres großen Hungers übrig sind, als auch den Buddhismus.

»Weil du durch Meditation deine Mitte findest und dir dann alles leichter fällt. Wenn du mit dir selbst im Einklang bist, dann findest du auch einen Job und löst auch alle deine anderen Probleme. Weil du feststellst, daß du gar keine wirklichen Probleme hast. Vielleicht willst du dann gar keinen Job mehr.«

Ich denke darüber nach. Am liebsten wäre ich mit dem Minus auf meinem Konto im Einklang. So wohl möchte ich mich in meiner Mitte gar nicht fühlen, daß ich vergesse, wie dringend ich Arbeit brauche und vor allem das Geld, das dafür bezahlt wird.

»Ich werde es mal mit Meditation versuchen«, sage ich, um endlich das Thema zu wechseln.

»Wir können ja gleich damit anfangen. Wir könnten gemeinsam meditieren«, bietet Andrej mir begeistert an.

Mein Bruder ist nicht wirklich Buddhist. Genausowenig wie er wirklich ein orthodoxer Jude war. Oder ein jüdischer Christ. Oder ein Philosoph. Oder ein Entwicklungshelfer. Er ist einfach ein Einwanderer, der nach einer geistigen Heimat sucht. Aber diese tiefenpsychologische Erkenntnis teile ich ihm nicht mit.

»Ich bin, glaube ich, zu müde zum Meditieren«, erkläre ich statt dessen. »Aber ich werde es morgen tun, versprochen.«

»Du mußt mir nichts versprechen. Es geht hier nicht um mich, sondern um dich. Um dich und die Probleme, die du dir einredest.«

Schon klar, aber das nicht vorhandene Geld auf meinem Konto ist leider ziemlich real.

Ich war ein Kind, als ich nach Deutschland kam, elf Jahre alt, und Rußland ist eine ferne Erinnerung für mich. Wie ein Abenteuerurlaub aus der Kindheit. Mein Russisch ist mit zahlreichen deutschen Begriffen gespickt, und wären nicht die täglichen Anrufe meiner Mutter, würde ich die Sprache noch schneller vergessen. Mein Bruder war achtzehn, als wir auswanderten, und hat einen von mir so genannten Kontingentenkomplex.

In seinem dritten Jahr in Deutschland hat er seine Jüdischkeit entdeckt. Er trennte Milch- und Fleischprodukte beim Essen, ging jede Woche in die Synagoge, lernte Hebräisch in der Uni und flog für den kompletten Sommer nach Israel, wo er in einem Kibbuz arbeitete und die Heiligkeit des Landes in sich aufsog. Zurück kam er mit einem Bart, und meine Eltern befürchteten schon, er sei nun endgültig orthodox geworden, aber es stellte sich heraus, daß er im Kibbuz einfach nur eine Wette verloren hatte, bei der das Wachsenlassen eines langen Bartes der Einsatz gewesen war. Meine Großmutter schüttelte den Kopf und stöhnte: »Ojojoj, so wird er nie eine Frau finden.«

Ungefähr zu demselben Zeitpunkt, als sein Sonnenbrand aus Israel nicht mehr zu sehen war, war es auch mit seiner Religiosität vorbei. An ihrer Stelle kam eine Freundin, die Philosophie studierte, sich aber nie an der »kapitalistischen Scheißuni« zeigte, in jedem zweiten Satz Hegel oder Nietzsche zitierte, in einem besetzten Haus wohnte und unsere so wie ihre eigene Familie für Spießbürger hielt. Mein Bruder las *Also sprach*

Zarathustra mehrmals hintereinander, nahm an den nächtelangen, von vielen Joints und Zigaretten begleiteten Philosophiediskussionen ihrer Mitbewohner teil und lernte Gitarre spielen. In jenem Semester machte er keinen einzigen Schein an der Uni. Meine Großmutter stöhnte auf jiddisch: »Ojojoj, mit dieser Frau wird er niemals keine Kinder haben!«

Als er in den Semesterferien nach Hause kam – diesmal mit grausam langen Haaren –, stellten ihm meine Eltern Julia vor. Julia war auch russische Emigrantin, stammte aus Moskau, war außergewöhnlich hübsch und brachte meinen Bruder dazu, den Rest seiner Semesterferien zu Hause zu verbringen und seine philosophierende Freundin zu vergessen. Meine Eltern waren glücklich, eine so nette, hübsche und dann auch noch jüdische Freundin hat der Junge gefunden, die auch noch Russisch spricht, und endlich blieb er auch mal länger bei seiner Familie als für ein paar Tage, so gehörte es sich schließlich. Dann stellte sich heraus, daß Julia an Jesus glaubte. Daran ist grundsätzlich nichts auszusetzen, außer man ist Jude. Julia gehörte einer russisch-jüdischen Gemeinde an, die das *Neue Testament* für sich entdeckt hatte und dieses fleißig bei den russischen Neueinwanderern in den Wohnheimen predigte. Mein Bruder ging mit ihr zu jüdisch-christlichen Gottesdiensten, die wie jüdische Gottesdienste freitags abends stattfanden, in denen aber die Liebe Jesu gepredigt wurde, und meine Großmutter fragte uns jedesmal kopfschüttelnd: »Aber sie ist doch Jüdin, wie kann sie an Jesus glauben? Was macht sie nur mit unserem Andrjuscha?«

Nach einer Weile kehrte mein Bruder zu seinem Studium nach Berlin zurück, Julia blieb bei ihren Christen in Stuttgart, und die Beziehung ging auseinander. Damit war es auch mit der Christlichkeit meines Bruders vorbei. Ein paar Jahre lang blätterte er immer wieder in seinem Nietzsche, ging auf Partys, schwänzte Vorlesungen und führte ein normales Studentenleben. Dann fiel ihm plötzlich auf, daß wir in einer Wohlstandsgesellschaft leben, während in Afrika kleine Kinder verhungern, und er schloß sich einer Entwicklungshilfeorganisation an, die in Südafrika Schulen aufbaute. Er teilte meiner Familie erst fünf Tage vor dem Abflug mit, daß er das nächste Jahr auf einem anderen Kontinent verbringen würde, und meine Mutter brach in Tränen aus, was habe sie nur falsch gemacht, was wird der Arme da nur essen, in Afrika, warum, warum nur trifft dieses Schicksal sie? Sie telefonierte mit meiner Tante in Amerika, die Psychiaterin ist, die seufzte ein paarmal, erklärte meiner Mutter dann aber, daß mein Bruder bestimmt unter einem Emigrantensyndrom leide. Er suche nach einer geistigen Heimat, weil er irgendwann mal plötzlich aus seiner gewohnten Umgebung herausgerissen worden war. In Amerika wendeten sich auffällig viele russische Einwanderer der Scientology-Kirche zu, erzählte sie. Meine

Mutter war keinesfalls beruhigt. Meine Großmutter kommentierte: »Solange er nur nicht dort heiratet und leben bleibt.«

Andrej kam frühzeitig, bereits nach neun Monaten, aus Südafrika zurück, pünktlich zum Semesteranfang, und meldete sich zum Diplom an, als wäre er nie weg gewesen.

Nun ist es eben der Buddhismus. Er hat mir Räucherstäbchen mitgebracht und eine kleine Buddhastatue.

»Man muß einfach in der richtigen Stimmung für Meditation sein, und das bin ich jetzt nicht«, erkläre ich ihm noch einmal.

»Wie du willst, ich wollte dir nur helfen«, antwortet er achselzuckend. Eins muß man diesem Buddhismus lassen, seit mein Bruder sich damit beschäftigt, ist er viel gelassener geworden. Er verdreht nicht einmal die Augen, als meine Mutter zum drittenmal an diesem Abend anruft. Sie wolle uns nur gute Nacht wünschen. Und uns sagen, daß sie sich freut, daß ihre Kinder einen Abend miteinander verbringen. Meine Mutter hat, wie gesagt, einen sehr ausgeprägten Familiensinn, und ihr Wunschtraum ist ein großes Haus, in dem wir alle zusammen wohnen, zusammen essen, zusammen fernsehen und offen über all unsere Gedanken und Probleme reden.

Nach dem dritten Telefonklingeln guckt Jan aus seinem Zimmer und ruft uns zu: »War das schon wieder eure Mutter?«

»Ja«, rufe ich zurück. Ich gieße mir den letzten Schluck Wein ein. Er macht mich müde und fast so gelassen wie der Buddhismus meinen Bruder, nicht mal die Anrufe meiner Mutter können mir was anhaben.

»Vielleicht sollte sie sich einfach ein zeitaufwendiges Hobby suchen«, sagt Jan, der in die Küche kommt. Er legt mir von hinten die Arme auf die Schultern und stützt sein Kinn auf meinen Kopf.

»Wir sind ihr Hobby«, erkläre ich ihm.

»Ja, weil sie noch kein anderes hat«, sagt Jan und nimmt mir das Weinglas aus der Hand, um es auszutrinken. »Wir schenken ihr einen Seidenmalkasten zum nächsten Geburtstag.«

»Das wird nichts bringen«, sagt mein Bruder.

»Wieso seid ihr so sicher? Laßt es uns doch einfach versuchen«, antwortet Jan.

»Wir haben es schon versucht, mit allen möglichen Hobbys«, erkläre ich ihm. Wir haben ihr bereits Gutscheine für verschiedene Volkshochschulkurse und Yoga geschenkt, Englischsprachkurse auf CD-Rom und Theaterabonnements.

»Aber sie hat noch nie einen Seidenmalkasten von euch bekommen. Der könnte wirken«, versucht Jan es noch einmal.

Ich stelle mir meine Mutter vor, wie sie mit einem Seidentuch, das auf ein Quadrat aus vier Holzstangen gespannt ist, und vielen Gläsern Seidenfarben am Küchentisch sitzt und vorsichtig den Stengel einer Blume mit einem salatfarbenen Hellgrün ausmalt. Dann klingelt das Telefon, aber sie winkt ab, sie habe jetzt keine Zeit, sie müsse an ihrer Blume arbeiten. Die Vorstellung ist so absurd, daß ich loslache.

»Was gibt's?« fragt mein Bruder.

»Nichts, stell dir nur Mama beim Bemalen eines Seidentuchs vor«, antworte ich.

Jan und Andrej schweigen kurz, wahrscheinlich haben sie meine malende Mutter vor dem inneren Auge.

»Es ist allerdings eine lustige Vorstellung«, sagt Jan.

»Sie sollte es vielleicht doch lieber mit Meditieren versuchen«, sagt mein Bruder. »Ich werde es ihr mal vorschlagen.«

Sieben

»Du kannst doch wohl mal zehn Minuten in einer Schlange stehen, oder?« sagt Lara verständnislos, als ich mich an einem Samstagvormittag weigere, mit ihr bei H&M zu shoppen und sowohl vor der Umkleidekabine als auch an der Kasse anzustehen.

»Ich habe schon so oft in Schlangen gestanden, das reicht mir für den Rest meines Lebens«, erkläre ich ihr, aber sie zuckt nur mit den Schultern, sie versteht es nicht und ist enttäuscht.

Es gibt Begriffe und Sätze, die sich nicht übersetzen lassen. Diese unübersetzbaren Worte machen das Lebensgefühl und das Russische überhaupt aus, denke ich, aber meistens behalte ich diesen Gedanken für mich, um nicht arrogant zu klingen.

»Stellst du dich an die Schlange an?« ist ein solch unübersetzbarer Ausdruck. Ich denke darüber nach, es Lara zu erklären, die mißmutig vor mir her zum Café trottet, ich lade sie auf einen Kaffee ein als Entschädigung dafür, daß wir nicht bei H&M waren. Entscheide mich doch dagegen, weil sie wahrscheinlich: »Na, siehst du, es läßt sich doch übersetzen« sagen würde.

Und ich könnte ihr nicht richtig erklären, was diese Frage bedeutet, wenn man im Sankt Petersburg der achtziger Jahre gelebt hat.

Einkaufen war schrecklich.

»Wir brauchen Brot«, sagt meine Mutter, und ich tue so, als hätte ich sie nicht gehört, ich bin bereit, alles zu tun, die ganze Wohnung aufzuräumen, den Abwasch zu übernehmen und beim Waschen zu helfen, nur, bitte bitte, laß mich nicht einkaufen gehen.

»Stellst du dich an die Schlange an?« fragt meine Mutter, die wiederum so tut, als hätte sie mein plötzliches angestrengtes Schweigen nicht bemerkt.

Also gehe ich los. Brot einkaufen ist keine einfache Sache, Einkaufen im allgemeinen nicht. Die ersten zwei Supermärkte, die ich anlaufe, werden kein Brot haben, wahrscheinlich werden die meisten Regale leer sein, nur Streichhölzer und Seife wird es auf jeden Fall geben, Streichhölzer und Seife wurden in Rußland aus unverständlichen Gründen immer zur Genüge produziert. Im dritten Supermarkt wird es, wenn ich Glück habe, Brot geben, aber ich werde nicht sicher sein können. Ich werde mich einfach in die Schlange stellen müssen und hoffen, daß es Brot gibt. Supermärkte, deren Regale, zumindest eins davon, nicht leer sind, erkennt man von weitem. Eine Menschenmenge, groß, unruhig, laut, steht davor. Müde Menschen mit vielen Tüten in den Händen warten ungeduldig, streiten vielleicht im voraus, obwohl sie nicht einmal wissen, was es in dem Supermarkt zu kaufen gibt.

In diesem Zusammenhang existiert eine zweite unübersetzbare Frage: »Was gibt es hier?« Eine der ersten Regeln, die wir lernen, ist: Siehst du eine Schlange, stell dich an. Dann frag, was es dort zu kaufen gibt. »Was gibt es hier?« schallt es in einem solchen wuselnden Menschenauflauf von überall her, und so ganz genau weiß es meistens keiner. Dafür gibt es viele Gerüchte, die sich durch die Schlange nach hinten zwängen und wieder zurück, sich dabei wie bei der »stillen Post« verändern. Vielleicht ist es Brot, vielleicht auch Obst. Man stellt sich einfach immer an und hofft, daß es etwas ist, das man gebrauchen kann. In der Nähe eines Supermarkts nicht weit von unserem Haus ist ein guter Spielplatz, aber wir Kinder meiden ihn oft. »Warum spielt ihr nicht dort?« fragen unsere Eltern, die glücklich sind über ihre Botschafter, die bereit sein sollten, jede Bewegung am Supermarkt zu melden, aber wir haben keine Lust, die Nachmittage mit Schlangestehen zu verbringen. Unter einer Stunde läuft da gar nichts. Wenn man Glück hat, nähert man sich dann allmählich dem Supermarkteingang, dort losen wir. Einer von uns darf nach Hause rennen und Bericht erstatten: »Mama, wir sind drei Meter von der Ladentür entfernt. Es gibt vielleicht Hähnchen, vielleicht sind sie auch schon weg, aber was es auf jeden Fall gibt, ist Butter. Julija und Katja und Igor stehen übrigens auch da.« Die Mutter hat nun die Aufgabe, Julijas, Katjas und Igors Mutter anzurufen und ihnen Bescheid zu sagen. Gleichzeitig wird sie bestimmt auch noch ein paar andere Bekannte anrufen und sich mit ihnen darüber beratschlagen, ob und wann es sich lohnt, uns von unserer Wartequal zu erlösen. Denn der eigentliche Kampf beginnt erst im Supermarkt, der Kampf um die Hähnchen und die Butter, der Kampf, bei dem viele Schimpfwörter fallen und viele Hähnchen auseinandergerissen werden, der Kampf, für den wir glücklicherweise ob unserer kleinen Größe ungeeigneter sind als unsere älteren und kommunismuserfahreneren Eltern.

»Kannst du Brot holen? Stellst du dich an die Schlange an?« fragt meine Mutter, und das bedeutet, daß ich stundenlang herumgeschubst werde, man hat es nicht leicht als Kind in einer Schlange, um dann vielleicht festzustellen, daß es in diesem Supermarkt gar kein Brot gibt. Ich werde also weiterziehen zum nächsten und mich dort anstellen. Ich bin mir sicher, meine Eltern haben mich nur deshalb gewollt, weil ein Kind nicht ausgereicht hätte, um sich für sie in die Schlange zu stellen.

Ich erzähle es Lara doch beim Kaffee in einem von diesen neuen Coffee Shops, köstliche Latte macchiato, die zwar ein Vermögen kostet, aber anstellen mußten wir uns dafür nicht.

»Ich kann mir das gar nicht vorstellen, wie das gewesen sein soll«, sagt Lara, und ich denke mir, daß ich es mir auch nicht mehr vorstellen kann, jetzt, Jahre später. Nur daß meine Hibbeligkeit vielleicht vom zu langen Schlangestehen in der Kindheit kommt.

»Hast du noch mehr solcher Geschichten auf Lager?« fragt Lara, plötzlich gar nicht mehr sauer.

»Was, Schlangestehengeschichten?«

Die drei Monate dauernden Sommerferien in Rußland verbrachte ich mit meinen Großeltern auf der Datscha. Die Datscha war ein großes Grundstück mit einem kleinen Holzhaus, etwa eine Zugstunde von Petersburg entfernt, und ein absolutes Paradies für Kinder. Kilometerweit nichts als andere Datschas, in jeder Datscha andere Großeltern mit Kindern, viele Kinder zum Spielen und Wald und ein See und Sonne den ganzen Sommer lang. Frühmorgens aus dem Fenster klettern, so leise, daß es die Großmutter nicht hört, die Aufgaben wie Unkrautjäten, Äpfel einsammeln und Erdbeerbeete gießen für mich parat hatte, Asta von der Leine binden, Freunde abholen, die sich ebenso heimlich vor den Aufgaben der Großeltern drücken, und den ganzen Tag nichts anderes tun, als im Wald zu spielen, Pilze zu sammeln und sie später an einem Lagerfeuer zum Abendessen zu grillen, den ganzen Tag im Wald frisch gepflückte Heidel- und Waldbeeren zu essen, Verstecke zu bauen, zu schwimmen, zu angeln, Fahrrad zu fahren und zwischendrin den Ruf der Großmutter zu ignorieren, die zum Mittagessen ruft. An den Wochenenden kamen die Eltern aus Sankt Petersburg, Wochenenden waren anstrengend, denn da mußte man sich nach den Eltern richten und zu Hause essen, an den Wochenenden mußte man im Garten helfen, an den Wochenenden kamen die Eltern mit zum See und riefen: »Schwimm nicht zu weit raus.« An den Wochenenden fragten meine Eltern meine Großeltern, ob ich auch geholfen habe im Garten, aber meine Großeltern verrieten mich nie, sie sagten immer »ja« und später, nachdem wir meine Eltern am Sonntag zum Zug gebracht hatten, zu mir: »Aber nächste Woche lassen wir dir das nicht mehr durchgehen! Da hilfst du mit!«

Auf der Datscha ernährten wir uns vom Gemüse aus dem Garten, von gebratenen Pilzen, die ich im Wald sammelte, und von über einem Lagerfeuer gegrillten Fisch, den mein Bruder angelte, und außerdem von den Sachen, die meine Eltern jede Woche aus Sankt Petersburg im Zug anschleppten. Nicht, daß es keine Einkaufsmöglichkeit gegeben hätte. Es gab einen Laden, in dem man immer Streichhölzer kaufen konnte und manchmal Mehl und Zwieback. Und Milch. Milch gab es dienstags.

Dienstags kam ein großer Milchwagen angefahren, offiziell kam er um neun, aber vor zwölf war er selten da. Manchmal kam er auch gar nicht. Manchmal war die Milch schon schlecht, wenn sie verkauft wurde, dann legten wir zu Hause Brotkruste in die Kannen und warteten darauf, daß die Milch zu Kefir wurde.

Der Laden war klein, die Schlange stand selbstverständlich draußen, in der glühenden Hitze. Milch wollte jeder, ein Grundnahrungsmittel und nur dienstags zu kriegen. Um sechs Uhr früh spätestens schickte mich meine Großmutter los. Die ersten paar Stunden waren meistens nett. Die Sonne brannte noch nicht, die meisten Großeltern waren noch zu Hause, und die Schlange bestand fast nur aus uns Kindern, die wir Karten spielten und wichtige Probleme besprachen: Wo gibt es dieses Jahr die besten Pilze? Wo kann man am besten schwimmen? Warum magst du mich nicht? Hast du schon das neue Fahrrad von Kostja gesehen? Gegen neun wurden die ersten Kinder von Großeltern abgelöst, und da sie die Bedeutung von Milch im Haushalt mehr wertschätzten als wir, machten sie das Schlangestehen zu einer ernsten Angelegenheit. Plötzlich mußte man darauf achten, daß sich keiner vordrängelte, manchmal mußte man richtig kämpfen. Ab und zu gab es zwei Schlangen: In der ersten stellte man sich an, um eine Nummer zu ziehen, in der zweiten stellte man sich gemäß seiner Nummer für die Milch an. Meine Großeltern hatten Vertrauen in mich und viel im Garten zu tun, mein Großvater löste mich immer erst sehr spät ab. Wenn er kam und ich sehr weit hinten stand, machte er ein bekümmertes Gesicht, die Milch reichte niemals für alle, und meine Chancen auf eine Packung Zwieback als Belohnung verschlechterten sich.

Ich bin acht Jahre alt, und zu Beginn des Sommers verkündet meine Großmutter in einer predigtähnlichen Rede, daß ich jetzt alt genug sei, die Milch selbst zu kaufen, ich würde nun nicht mehr abgelöst und hätte die Erlaubnis und sogar die Pflicht, im Schlangengefecht mit allen Mitteln zu kämpfen. So viel Verantwortung will ich gar nicht tragen, ich möchte viel lieber faulenzen und bei dem schönen Wetter meinen Kopfsprung vom Felsen aus üben. Der Laden ist ein paar Kilometer entfernt, und ich fahre wie immer mit dem Fahrrad los. Ich habe je eine Milchkanne an jeder Seite des Lenkrads baumeln. Meine Großmutter gibt mir die strikte Anweisung, auf dem Rückweg das Fahrrad zu schieben, damit ich die Milch nicht verschütte. Was, wenn ich gar keine bekomme, denke ich mir, spreche es aber nicht laut aus, denn ein wenig bin ich schon auch stolz, daß ich so viel Verantwortung übernehmen darf, und wer weiß, ob mich zwei volle Kannen Milch nicht von der täglichen halben Stunde Unkrautjäten erlösen können.

Es ist sehr heiß, viel zu heiß für Juni, an meinem ersten verantwortungsvollen Dienstag, und ich bin so aufgeregt, daß ich nicht einmal Karten mit meinen Freunden spiele. Dafür habe ich genügend Zeit, den faltigen, fleischigen Nacken der dicken Frau vor mir ausführlich zu betrachten. Weil es so heiß ist und meine Aufregung sich mit der Langeweile multipliziert, weil ich nichts trinken kann und weil der Milchwagen heute natürlich erst um halb drei kommt und ich schließlich auch hungrig bin, mich aber nicht wie die anderen Kinder traue, schnell mal nach Hause zu radeln und was zu essen, kriege ich Kopfschmerzen. Stoisch bleibe ich in der Schlange stehen, ich kämpfe mit allen Mitteln und gehe als Siegerin hervor. Zwei Kannen Milch.

Weil ich Kopfschmerzen habe und nur noch ins Bett will, nur noch ins Bett und schlafen will, das Kopfweh wegschlafen, würde ich am liebsten auf mein Rad steigen, um so schnell wie möglich nach Hause zu kommen. Die Versuchung ist groß, wenigstens die halbe Strecke zu fahren, die Großmutter wird es ja nie erfahren, und ich bin eine gute Radfahrerin, ich werde schon nichts verschütten, aber ich widerstehe. Ich habe zwei Kannen Milch erkämpft, und ich werde mein Fahrrad schieben, denn ich bin schon acht Jahre alt und übernehme die Verantwortung.

Lange, bevor ich unser Grundstück erreiche, höre ich Asta bellen, die spürt, daß ich komme, und sich freut. Sie mag die Dienstage genausowenig wie ich. Sonst hat der arme Stadthund im Sommer den ganzen Tag Auslauf, sie spielt mit uns im Wald und im Wasser und ist abends genauso müde wie ich. Aber meine Großmutter hat Besseres zu tun, als auf sie aufzupassen, und bindet sie dienstags an der Tischtennisplatte an, die mein Vater für uns gebaut hat.

»Ich habe die Milch«, rufe ich schon von weitem meiner Großmutter zu, die gerade Erdbeeren pflückt, und sie winkt, ich glaube, sie ist ein bißchen stolz. Weil Asta so laut bellt und an der Leine zieht, geht meine Großmutter zum Tischtennistisch und bindet sie los. Asta, immer glücklich, mich zu sehen, rennt los. Sie rennt mir entgegen, mein wunderbarer, treuer, liebender Hund freut sich nach dem langweiligen Tag in der heißen Sonne so sehr, mich zu sehen.

Ich weiß nicht, wer von uns beiden schuld ist. Vielleicht bin ich durch die starken Kopfschmerzen so kraftlos, daß ich das Fahrrad fallen lasse. Vielleicht schmeißt mich Asta um. Jedenfalls liegen die Kannen, mein Fahrrad und ich ein paar Sekunden später in einer Milchpfütze, einer großen Milchpfütze, und Asta dreht begeistert ihre Runden um mich, versucht, mein Gesicht abzuschlecken, und wedelt fröhlich mit dem Schwanz.

Nächste Woche wird meine Großmutter sagen, ich sei noch nicht soweit, selbst Milch zu holen, sie werde mich später ablösen, und ich werde wütend, ich habe sie nicht gebeten, den Hund loszubinden, aber wir mußten eine Woche lang ohne Milch auskommen, und schuld bin ich.

Acht

Aber eigentlich ist es gut. Es ist gut, daß unsere Eltern uns beigebracht haben, wie wichtig Schlangen für das Überleben in Sankt Petersburg sind. Es ist gut, daß wir geübt sind im Anstellen, geduldig im Warten. Es ist gut, daß wir den brutalen Schlangenkampf in seiner Perfektion beherrschen. Sonst wären wir heute nicht in Deutschland.

Mein Bruder geht mit einem Freund ins Kino, es ist 1991, und mittlerweile gibt es ab und zu sogar amerikanische Filme zu sehen. *Der Flug des Navigators* aus dem Jahre 1986 ist in diesem Jahr ein großer Hit bei uns. Auf dem Weg zum Kino sehen die Jungs eine Schlange. Sie stellen sich an, sie sind in der Pubertät, und sie tragen lange Haare als Zeichen ihrer Rebellion, aber sie sind pflichtbewußte Söhne. Es ist das deutsche Konsulat, vor dem sich die Schlange bildet, eine außergewöhnlich lange Schlange, und wofür man ansteht, weiß diesmal keiner, nicht einmal Gerüchte sind im Umlauf. Es gab noch nie eine Schlange am deutschen Konsulat. Als sie drankommen, muß mein Bruder eine Nummer ziehen. Es ist die 114, aber weil er nicht weiß, was das zu bedeuten hat und weil der Kinofilm bald anfängt, steckt er den Zettel in die Jackentasche und vergißt ihn. Er ist siebzehn Jahre alt.

Zwei Wochen später rollt meine Mutter unsere Waschmaschine aus dem Flur, wo sie sonst immer steht, ins Badezimmer. Die Waschmaschine ist einen Meter lang, einen halben Meter breit und einen Meter hoch, eine Schleuderfunktion hat sie nicht. Wenn sie im Badezimmer zwischen Wand und Badewanne steht, kommt man nicht mehr ans Waschbecken. Alle zwei Wochen ist großer Waschtag. Auch die Jacke meines Bruders will meine Mutter in die Maschine werfen. Vorher räumt sie die Taschen aus, in denen immer zusammengeknüllte Zettel und Kaugummipapiere stecken. Eher nebenbei nimmt sie lateinische Buchstaben auf einem der Zettel wahr, nur zufällig schenkt sie dieser einen »114« besondere Aufmerksamkeit. Ein Stempel vom deutschen Konsulat ist darauf zu sehen, und verwundert erkundigt sich meine Mutter, was es mit dieser Nummer auf sich hat.

Es stellt sich heraus, daß Deutschland eine begrenzte Zahl von russischen Juden aufnehmen wird, im deutschen Konsulat gibt es Ausreiseanträge. Will man einen solchen haben, muß man eine Nummer ziehen. Je kleiner die Nummer, desto schneller bekommt man einen Antrag und dementsprechend auch die Ausreisegenehmigung. Bei mindestens dreitausend Menschen, die bereits eine Nummer gezogen haben, und höchstens fünfzig Anträgen, die das deutsche Konsulat pro Woche verteilt, ist die 114 sehr weit vorne. Mein Bruder ist ein Glückspilz. 114 ist unsere Glücksnummer. Ein halbes Jahr später sitzen wir im Zug von Sankt Petersburg nach Berlin.

Neun

Müßte ich sagen, was es ist, würde ich sagen: die Stille. Es ist die Stille, die mich von anderen unterscheidet, mich und meine Familie. Die Stille, die fehlt. Die fehlende Stille, also das Laute eigentlich, der Lärm. Aber Stille klingt besser als Lärm, dramatischer, wichtiger und romantischer irgendwie. Bei uns zu Hause fehlt die Stille. In der U-Bahn zischt Jan mich immer an, ich würde zu laut reden. Manchmal flüstert er mir ganz lieb ins Ohr: »Es muß ja nicht der ganze Waggon mithören.« Es ist ihm peinlich, er mag nicht die Aufmerksamkeit aller Mitreisenden auf sich ziehen, und ich eigentlich auch nicht, aber ich finde ja auch nicht, daß ich besonders laut spreche. Sobald wir meine Familie besuchen, findet Jan das auch nicht mehr. Dann nimmt er mich in den Arm und gibt zu, daß ich ein eher stiller Mensch bin und leise und wenig rede. Im Vergleich zumindest. Im Vergleich zu meiner Familie, in der alle gleichzeitig reden, laut, um die anderen zu übertönen, in der Geschirr lauter klappert, in der Türen nicht nur aus Wut knallen, meiner Familie, in der die Stille fehlt.

Ich muß an diese Stille denken, an diese fehlende Stille, als wir im Auto von Jans Eltern sitzen, die uns zum Bahnhof fahren. Wir sind auf dem Weg zu meiner Familie, die tödlich beleidigt gewesen wäre (und das auch deutlich zum Ausdruck gebracht hat), wenn wir sie in den paar freien Tagen, die wir haben, nicht besucht hätten. Also haben wir zwei Tage bei Jans Eltern verbracht (die bestimmt enttäuscht waren, daß wir nur so kurz da waren, es aber mit keinem Wort erwähnt haben) und machen uns nun auf den Weg zu meiner Familie.

Es ist still im Auto, keiner sagt etwas, ich finde das erschreckend und komisch. Erschreckend, aber auch schön. Schön still. Wir sitzen bereits seit zwanzig Minuten im Auto, weil Jans Eltern uns netterweise zum Frankfurter Bahnhof bringen, sie wollen in Frankfurt essen gehen, und bislang hält die Stille an. Einmal hat uns Jans Vater auf eine große Baustelle aufmerksam gemacht, und Jan hatte gefragt, was denn da gebaut würde, aber ansonsten sind alle still. So still ist es bei uns nur, wenn alle sich gestritten haben, aber auch dann hält die Stille nur ein paar Minuten lang an, bis die Unstimmigkeiten wieder in voller Lautstärke ausgetragen werden.

Am Bahnhof parkt Jans Vater das Auto in einem Parkhaus, und wir nehmen unsere Reisetaschen.

»Komm, ich nehme deine Tasche«, sagt Jans Vater zu mir.

»Danke«, antworte ich. Stille. Langsam habe ich das dringende Bedürfnis, sie zu bekämpfen.

»War dieser asiatische Imbiß auch bei unserem letzten Besuch da?« frage ich also Jans Mutter und zeige auf einen Laden, von dem ich genau weiß, daß er bereits seit einem Jahr geöffnet ist.

»Ja, er ist bereits seit etwa einem Jahr da, nicht wahr, Manfred?« antwortet sie und schaut ihren Mann fragend an.

»Ja, so in etwa. Letzten Sommer hat er geöffnet, glaube ich.«

Stille. Ich versuche es noch einmal: »Wir sind genau rechtzeitig dran, das war sehr gut getimt.«

Keiner antwortet mir. Nur Jan stößt mich an, zwinkert mir zu. »Weißt du, man muß nicht immer reden. Wir haben viel geredet die letzten Tage«, flüstert er mir schnell ins Ohr, als wir am Ticketautomaten auf unsere Fahrkarten warten und seine Eltern die Abfahrtstafel studieren. Dann zwinkert er mir noch einmal zu: »Was wir so reden nennen, halt. Natürlich haben wir nicht russisch geredet, aber trotzdem geredet.« »Russisch reden« heißt laut reden, durcheinanderreden. Reden eben.

Am Gleis umarmen wir uns alle, und Jans Mutter sagt, wie schön es war, daß wir da waren. Jan sagt, er ruft nächste Woche mal an, wenn wir wieder in München sind. Jans Vater wünscht uns eine gute Fahrt und richtet schöne Grüße an meine Familie aus. Alle drei lächeln zufrieden und nett, und ich sage mir, daß sie sich lieben, auch wenn sie es gerade nicht aussprechen, es eigentlich nie aussprechen, auch wenn beim Abschied keiner weint, ich sage mir, daß Jans Eltern mich sehr gern haben, auch wenn sie das noch nie so wörtlich gesagt haben. Ich sage mir, daß diese Stille gut ist.

»Bist du jetzt traurig, weil wir uns nicht alle gesagt haben, wie sehr wir uns lieben?« neckt Jan mich, als wir uns im Zug hingesetzt haben. »Denkst du jetzt, wir sind keine richtige Familie?«

Er zieht mich auf, wir haben das Gespräch schon öfter geführt. »Nein, es ist nur ... Die ganze Autofahrt lang hat keiner was gesagt.«

»Ja, und es ist doch okay. Wir haben doch viel geredet die letzten Tage, warum muß man denn auf Teufel komm raus die ganze Zeit etwas sagen?«

»Aber so viel haben wir doch gar nicht geredet. Gestern beim Essen, da wurde auch kaum geredet. Und als wir spazieren waren ...«

Jan lacht und nimmt meine Hände in seine. »Weißt du, Anjetschka, wenn nicht alle gleichzeitig durcheinanderschreien, heißt es nicht, daß man nicht redet.«

»Bei uns schon«, sage ich. Wir sind anders. Ich habe eine Freundin, die aus Kroatien stammt, in deren Familie die Stille auch fehlt.

»Mach dir keine Sorgen«, sagt Jan und schaut auf die Uhr, »in etwa drei Stunden wirst du dich darüber aufregen, daß deine Eltern zu laut sind.«

Jan weckt mich fünf Minuten, bevor wir Ludwigsburg erreichen. Das ist gut so, sonst wäre ich viel zu aufgeregt gewesen. Ich bin immer ein bißchen aufgeregt, bevor ich zu Hause ankomme. Freudig aufgeregt, aber auch schon mal im voraus ein bißchen genervt.

»Ich habe keinen Hunger«, sagt Jan.

»Das ist total egal. Du wirst essen müssen. Und zwar sehr sehr viel«, erkläre ich ihm. »Wir hätten mittags nicht soviel essen sollen.« Ich denke an das mindestens fünfgängige Menü, das meine Familie vorbereitet hat.

Noch bevor der Zug hält, sehe ich meine Mutter aufgeregt hin und her laufen und wild mit den Armen winken. Ich erkenne sie deshalb schon beim Einfahren, weil sie der einzige Mensch ist, der am Bahnsteig hin und her marschiert und schon winkt, bevor der Zug gehalten hat. Sie fliegt – mit Tränen in den Augen – erst mir, dann Jan um den Hals. »Gut, daß Sie da sind«, sagt sie, und es hört sich so an, als kämen wir gerade aus einem Krieg zurück. Meine Eltern können sehr gut Deutsch, aber weil im Russischen »Ihr« und »Sie« das gleiche Wort ist, sind sie nicht davon abzubringen, mehrere Personen immer mit »Sie« anzusprechen.

»Kommt schnell, Vater wartet auf dem Parkplatz, vielleicht kommt die Polizei«, erklärt meine Mutter. Vor dem Bahnhof ist eigentlich gar kein Parkplatz, mein Vater parkt immer im Halteverbot und wird ganz ungeduldig, wenn man sich nicht beeilt. Er hat Autofahren erst mit fünfzig in Deutschland gelernt, hat seine Fahrprüfung erst nach mehreren Versuchen bestanden und haßt es, am Steuer zu sitzen. Meine Mutter sagt, in Deutschland gehe niemand zu Fuß einkaufen, und so muß er wider Willen manchmal fahren. Er fährt sie zum Einkaufen, holt Gäste vom Bahnhof ab und kennt die Strecke zum Park, in dem meine Eltern gerne spazierengehen. Vor jeder Fahrt erzählt er meiner Mutter, daß es umweltfreundlicher und gesünder wäre, zu laufen oder den Bus zu nehmen. Am Steuer ist er immer gestreßt und fährt so langsam, daß um ihn herum gehupt wird, woraufhin er sich lauthals über all die »rasenden« Autofahrer beschwert.

Mein Vater steht am Auto und ist sich sicher, daß die Polizei gleich kommt. Er ist jedesmal überzeugt, daß er im Halteverbot erwischt wird, dabei ist das noch nie passiert. »Guck, sie sind da«, kündigt meine Mutter schon von weitem glücklich an.

»Schnell, ich darf hier nicht stehen«, antwortet mein Vater, geht eilig auf uns zu, umarmt uns beide, nimmt uns die Taschen ab, ganz schnell, Streß. Am liebsten würde ich ihm die Autoschlüssel aus der Hand nehmen und selbst fahren, nur damit er nicht mehr so angespannt ist, aber aus Erfahrung weiß ich, daß er dann beleidigt reagiert. Töchter fahren nicht besser Auto als Väter, davon ist er fest überzeugt.

»Haben Sie Hunger?« fragt meine Mutter, sobald wir im Auto sitzen.

»Gute Fahrt?« fragt mein Vater.

»Wie lange sind Sie gefahren?« fragt meine Mutter, ohne die Antwort auf die erste Frage abzuwarten.

»Wie geht es deiner Familie, Jan?« fragt mein Vater.

»Was ist denn hier passiert?« frage ich, als wir an meiner alten Tanzschule vorbeifahren, an der jetzt ein Bowlingschild hängt.

»War deine Schwester auch zu Hause?« fragt meine Mutter Jan.

»Etwa dreieinhalb Stunden sind wir gefahren«, sagt Jan.

»Seit wann ist die Tanzschule nicht mehr die Tanzschule?« frage ich noch einmal.

»Neben deiner alten Schule ist jetzt ein Spielplatz«, antwortet mein Vater zwar nicht direkt auf meine Frage, aber wenigstens passend zum Thema.

»Hast du eigentlich Kontakt zu deinen alten Schulfreunden?« fragt meine Mutter, das Wort »Schule« aufgreifend.

»Jan, ich habe extra russische Soljanka für dich gekocht, das ißt du doch gern«, sagt mein Vater.

Ich schaue auf die Uhr. Vor sechs Minuten ist unser Zug am Bahnhof angekommen. Mir fehlt die Stille.

Zehn

Zu Hause ist ein alter weiß-grün karierter, schon seit Jahren viel zu kurzer Flanellschlafanzug. Mein an Mode eigentlich uninteressierter Vater schimpft immer, dieser Schlafanzug sei so abgetragen und häßlich, daß seine Augen vom Anschauen schmerzten. Er droht, ihn wegzuschmeißen oder zu verbrennen. Woraufhin ich drohe, in diesem Fall nicht mehr nach Hause zu kommen. Woraufhin meine sehr emotionale Mutter mit Tränen in den Augen meinen Vater beschimpft, ihre Kinder dürften alles tun und tragen, was sie wollen, wenn sie denn schon einmal im Leben zu Besuch sind. Woraufhin meine Großmutter mich umarmt und mir sagt, ich sei immer schön, und sie sei auch schon immer eine Schönheit gewesen, was hier nicht wirklich hingehört, aber egal ist, weil sie schon siebenundachtzig Jahre alt ist. Woraufhin mein Bruder die Augen verdreht und einen schlechten Witz darüber reißt, daß Schönheit noch zu definieren sei. Woraufhin Jan, der kein Wort verstanden hat, weil das ganze Gespräch auf russisch abgelaufen ist, mich fragend anschaut und sich wie immer nicht sicher ist, ob wir uns jetzt streiten oder das unsere Art von Zärtlichkeit ist. Woraufhin ich wiederum merke, es ist alles wie immer und ich bin zu Hause. Ich hole den Flanellschlafanzug aus dem Schrank und ziehe ihn an, sobald ich bei meinen Eltern ankomme, und trage ihn den ganzen Tag. Der Schlafanzug ist Zuhause und auch deshalb so wichtig, weil dort, wo früher die Sparkasse war, jetzt eine Deutsche Bank steht, es keinen Döner mit Reis am Bahnhof mehr gibt, das »Pappasitos« plötzlich »Grünschnabel« heißt und selbst mein alter Schulhof umgebaut wurde. Ludwigsburg, die Stadt, in der ich aufgewachsen bin, ist irgendwie nicht mehr meine, und Zuhause, das ist jetzt der Schlafanzug.

Meine Familie hat gekocht. Mein Vater hat Soljanka gemacht, für Jan, der diese fettige Suppe mag. Meine Großmutter hat für mich meinen Lieblingskartoffelsalat gemacht. Meine Mutter, die daraufhin sehr besorgt war, daß mein Bruder sich benachteiligt fühlen könnte, hat Steaks für ihn gebraten, die er zwar mag, die sie aber nie richtig hinbekommt. Mein Bruder wird es ihr nachher ehrlich sagen, und sie wird ganz traurig dreinschauen und mehrmals nachfragen: »Schmeckt es dir denn gar nicht?«, so oft, bis wir alle versichern, es sei köstlich gewesen. Meine Mutter wird es uns nicht glauben und beleidigt sagen: »Ach, ihr nehmt mich doch nur auf den Arm«, und ich werde sehr genervt sein. Zusätzlich zu den Lieblingsgerichten gibt es das normale Menü, bestehend aus Suppe, mehreren

Salaten und Häppchen, Frikadellen mit wahlweise Kartoffeln, Nudeln oder Reis und Gemüse dazu. Außerdem zwei Kuchen zur Auswahl als Nachtisch. Es gibt nur ein Problem: Wir haben keinen Hunger.

»Jan, du ißt was, ja?«

»Oh, nein danke, jetzt nicht. Wir haben bei meinen Eltern doch zu Mittag gegessen. Das war sehr reichhaltig, und ich bin eigentlich satt.«

»Warum?«

»Warum was?«

»Ja, warum hast du soviel gegessen, wenn du wußtest, daß ihr herkommt? Dachtest du, hier gibt es nichts zu essen?« Was auch immer Jan gedacht hat, das ganz bestimmt nicht.

»Weil es gut geschmeckt hat und ich Hunger hatte. Ich werde mich einfach dazusetzen.«

»Ja, aber ein bißchen probieren mußt du doch.«

»Nein, wirklich. Später vielleicht. Ich bin satt.«

»Gut, später. Wir essen Suppe, und dann ißt du mit uns Fleisch und Kartoffeln. Und ich habe Gemüse mit neuer Soße gemacht. Und danach kannst du Soljanka essen, ist speziell für dich gemacht.«

»Vielen Dank, das ist ja auch wirklich nett, und ich habe mich schon sehr drauf gefreut, aber ich esse das lieber morgen.«

»Nein, morgen kannst du noch mal essen, aber heute auch.«

»Wirklich, ich bin satt.«

»Okay.«

»Ich setze mich einfach dazu.«

»Vielleicht ein bißchen Suppe?«

»Nein, wirklich nicht.« Jans Blick sucht meinen, verzweifelt schon, aber ich kann nichts tun, ich habe auch keinen Hunger, nur kenne ich meine Mutter zu gut, um ein solches Gespräch anzufangen, ich löffele brav meine Suppe und sage, wie lecker sie ist.

Meine Mutter schaut mich auch verzweifelt an, zuckt mit den Schultern und sagt: »Na gut, dann iß nichts. Setz dich einfach.«

Jan setzt sich hin, ein bißchen Stolz glitzert in seinen Augen, sogar Überlegenheit, er fängt ein Gespräch mit meinem Vater an. Mein Vater will ihm gerade antworten, da unterbricht ihn meine Mutter: »Stell den Brotkorb weg, bitte, da kommt Jans Teller hin, wie soll er sonst Kartoffelsalat essen?«

Zu Hause.

Meine Großmutter ist der liebste Mensch auf der Welt. Sie ist siebenundachtzig Jahre alt und damit auch der älteste Mensch, den ich kenne. Jedesmal, wenn ich nach Hause komme, bin ich erstaunt, wie alt sie wirkt. Sie hat unzählige Falten in ihrem immer sonnengebräunten Gesicht, die sie sehr schön machen. Meine Großmutter hat die Blockade um Sankt Petersburg während des Zweiten Weltkriegs überlebt, sie war Direktorin einer Textilfabrik, was sie mindestens dreimal am Tag erwähnt, und sie hat mich, als meine Eltern beide gearbeitet haben, erzogen. Meine Großmutter trägt wunderbare feine Damenhüte, was ihr die unbegrenzte Liebe und Bewunderung seitens meines Freundes einbringt (»Am liebsten in deiner Familie – noch vor dir – mag ich deine Großmutter!«), und sie erzählt gerne von ihren Verehrern. Seit mein Vater beim Ausfüllen von irgendwelchen Formularen zufällig herausgefunden hat, daß meine Mutter als uneheliches Kind auf die Welt gekommen ist, zieht er meine Großmutter ständig damit auf (»Mir wurde ein uneheliches Kind als Frau angedreht! Als ob ich nicht genug Probleme in meinem Leben hätte!«), worauf meine Großmutter mit einem stolzen und verständnislosen Blick reagiert: »Ach, das verstehst du nicht. Es waren andere Zeiten.«

»Ja, genau«, sagt mein Vater dann, »das ist es ja, es waren andere Zeiten, Zeiten, in denen man nicht einmal Händchen halten durfte vor der Hochzeit!« Dieses Spiel spielen sie mindestens einmal am Tag.

Meine Großmutter erzählt dann von ihrem ersten Mann (»Er war sehr schön, wir waren ein sehr schönes Paar«), der in den Krieg ziehen mußte und ihr wunderschöne romantische Liebesbriefe von der Front schrieb. »Soll ich sie holen und sie euch vorlesen?« bietet sie dabei immer an.

Der erste Mann meiner Großmutter ist nicht zurückgekommen von der Front. Als der Krieg vorüber war und meine Großmutter sich an ihr Witwendasein gewöhnt hatte, lernte sie bei ihrer Tante meinen Großvater kennen (»Und da saß dann dieser gutaussehende Soldat in Uniform, der mich fragte, ob er mich nach Hause bringen darf«). Zu ihrem ersten richtigen Rendezvous kam mein Großvater eine Stunde zu spät, und meine Großmutter hatte bereits jede Hoffnung aufgegeben und traurig ihr schönes Ausgehkleid wieder gegen ein altes eingetauscht, als er doch noch auftauchte. Sie hörten sich die zweite Hälfte des Konzerts an. Als sie ein halbes Jahr später heiraten wollten, konnte meine Großmutter nicht rechtzeitig eine Bescheinigung über das Verschollensein ihres ersten Mannes bekommen, und so kam meine Mutter als uneheliches Kind zur Welt.

Meine Großmutter ist ein Unikat, ein liebenswertes, wunderbares Unikat, aber sie ist siebenundachtzig Jahre alt und ziemlich vergeßlich. Vier Fragen hat sie sich gut gemerkt:

Erstens: »Hast du meinen Kuchen schon probiert?« (Wahlweise Kartoffelsalat.)

Zweitens: »Arbeitest du auch nicht zuviel?«

Drittens: »Wie lange bleibst du?«

Und viertens: »Hast du meinen Kuchen schon probiert?«

Leider vergißt sie meistens schon, während ich ihr die Antwort gebe, welche Frage sie bereits gestellt hat.

Meine Eltern sind Frühaufsteher, und Jan ist ein Langschläfer, und so gehört die Frühstückszeit meiner Großmutter, weil wir die einzigen in der Familie sind, die gegen neun aufstehen. Ich komme in meinem karierten alten Flanellschlafanzug in die Küche und reibe mir noch die Augen, während ich Brötchen in den Backofen schiebe und Nutella suche, meine Großmutter hat dagegen bereits Gymnastik gemacht und schneidet sich gerade frisches Obst für ihr Müsli.

»Hast du gut geschlafen, Babuschka?«

»Na ja, wie man so schläft mit siebenundachtzig Jahren, nicht wahr? Hast du gestern meinen Kuchen probiert?«

»Ja, habe ich. Er war köstlich. Erzähl mal, wie geht es dir?«

»Na ja, wie es einem so geht mit siebenundachtzig Jahren, nicht wahr? Du mußt meinen Kuchen probieren. Soll ich dir ein Stück abschneiden?«

»Nein, danke. Habe ich dir erzählt, daß ich meine Prüfungen alle bestanden habe?«

»Du arbeitest zuviel. Ich weiß, du arbeitest zuviel. Du solltest nicht soviel lernen.«

»Ich arbeite auf keinen Fall zuviel. Ich hatte im letzten Semester nur an drei Tagen die Woche Uni.«

»Hast du meinen Kuchen schon probiert? Ich habe ihn extra für euch gebacken.«

»Ja, habe ich.«

»Jan arbeitet bestimmt auch zuviel. Sag mir ehrlich, arbeitet er zuviel?«

»Nein, uns geht es gut. Wirklich. Neulich waren wir sogar übers Wochenende in den Bergen wandern.«

»Wie lange bleibt ihr?«

»Übers Wochenende. Bis morgen abend.«

»Och, so kurz. Ojojoj. Hast du meinen Kuchen probiert? Ich kann dir ein Stück abschneiden zum Tee, er ist ja extra für dich.«

»Ich nehme mir selbst ein Stück, wenn ich will, danke.«

»Wie lange bleibt ihr?«

»Übers Wochenende.«

»So kurz? Oj, da sehe ich euch ja kaum.«

»Aber wir müssen am Montag wieder in München sein.«

»Ihr arbeitet zuviel.«

»Nein, ganz sicher nicht. Erzähl mal, hast du in letzter Zeit gute Bücher gelesen?«

»Wie lange bleibt ihr?«

Ich drehe durch. Ich liebe meine Großmutter, ich weiß, daß sie alt ist, ich weiß, daß ich sie selten sehe. Aber ich drehe durch! »Warte, ich bin gleich wieder da.«

Ich schüttele Jan wach, er mault, es sei Wochenende, aber ich zerre ihn aus dem Bett, es gibt Frühstück, schubse ihn in die Küche, wo ihn meine Großmutter empfängt: »Hast du meinen Kuchen schon probiert? Ich schneide dir ein Stück zum Frühstück ab.«

Und dann zu mir: »Wie lange bleibt ihr?«

»Bis morgen abend.«

»Ojojojoj, so kurz!« Sie schaut Jan vorwurfsvoll an.

»Ich muß am Montag arbeiten«, sagt er verschlafen.

Ich renne aus der Küche, ziehe mich an, schnappe mir die Autoschlüssel und fahre in die Innenstadt, dorthin, wo alles so wunderbar anders geworden ist, wo ich so wunderbar nichts wiedererkenne.

Elf

Fünf Tage vor unserer Abreise nach Deutschland lernen meine Eltern zufällig ein Musikerehepaar kennen, das mit seinen Instrumenten schon einmal durch Deutschland getourt ist, als Straßenmusiker. Dieses Ehepaar wiederum kennt eine deutsche Studentin, die gerade ein Auslandssemester in Sankt Petersburg macht. Meine Eltern laden sie zu uns ein. Sie bombardieren sie mit Fragen, auf die man in Rußland nur schwer eine Antwort finden kann: Wie kommt man von Berlin nach Stuttgart? Was ist ein ICE? Wie kauft man eine Fahrkarte? Und was ist eine S-Bahn? Was, bitte, soll ein Auslandsamt sein? Es gibt Termine beim Arzt? Und man kann sich einen Arzt selbst aussuchen, man wird nicht der Stadtteilklinik zugeteilt? Aber wie vereinbart man einen Termin? Warum fahren all die Menschen mit dem Fahrrad durch die Stadt? Was kostet Brot, Gemüse, Fleisch? Und was ist ein Metzger? Ist es tatsächlich kein Märchen, daß in Supermärkten alles offen herumliegt, teilweise sogar draußen, und es keiner klaut?

Ich sitze daneben und verstehe nichts. Alles ist sonderbar. Erstens ist diese Deutsche riesengroß, ungefähr ein Meter neunzig. Sind dort alle so groß? Zweitens heißt sie Katja. Wie kann eine Deutsche Katja heißen? Das ist ein russischer Name. Drittens und am wichtigsten: Warum ißt sie nicht all die köstlichen Sachen, die meine Eltern extra für sie eingekauft haben? Es gibt in Rußland seit der Perestroika zwei Arten von Läden: Die staatlichen und die »Genossenschaftlichen«. In den staatlichen kaufen alle ein, allerdings gibt es da nicht viel zu kaufen. In den sogenannten »Genossenschaftlichen« gibt es auch nicht alles, aber doch sehr viel, dort kaufen nur die Reichen. Weil die Deutsche kam, haben meine Eltern, das einzige Mal, an das ich mich erinnern kann, im »Genossenschaftlichen« eingekauft. Lauter Köstlichkeiten, Wurst und so. Wir denken, alle Deutschen essen Wurst. Ich durfte vorher nichts von der Wurst haben, ich starre gierig darauf, aber die große Deutsche rührt sie nicht an. Später erklärt sie, daß sie Fettiges nicht ißt und überhaupt Vegetarierin sei (Es gibt wirklich Menschen, die freiwillig kein Fleisch essen?), und fragt, ob wir nicht einen Magerquark dahaben? Mein Bruder rennt los, um Magerquark einzukaufen. Ich verstehe immer noch nichts und hoffe nur, daß sie bald geht, damit ich mich in Ruhe über die Wurst hermachen kann.

Zwölf

Wir fahren mit dem Zug von Sankt Petersburg nach Berlin, von dort dann nach Stuttgart. Auf der Fahrt kommen wir durch Warschau, wo wir zwanzig Minuten halten, und ich steige mit meinem Bruder kurz aus und laufe auf dem Bahnsteig herum. Alles ist so wunderschön bunt. In Berlin kommen wir morgens an, aber weil meine Eltern beschlossen haben, daß sie nicht abends in Stuttgart ankommen wollen, wo sie dann spät noch nach unserem Wohnheim suchen müßten, bleiben wir einen ganzen Tag in Berlin und nehmen dann den Nachtzug. Wir haben vier Koffer und fünf riesige Taschen, die eigens für unsere Auswanderung genäht wurden. Außerdem trägt mein Vater einen gelben ledernen Aktenkoffer in der Hand: Darin sind unser Geld, unsere Papiere, ein Stadtplan von Stuttgart. Weil die Schließfächer für unsere vielen Sachen zwei ganze Monatslöhne kosten würden – wir wandeln die deutsche Währung im Kopf in russische Monatslöhne um –, bleibt einer immer als Aufpasser bei den Sachen, und die anderen erkunden Berlin, zumindest das Berlin rund um den Ostbahnhof.

Berlin riecht gut, nach etwas Unbekanntem. Im Lauf des Tages finde ich heraus, daß eigentlich nur ein Stand am Bahnhof so riecht, dort wird irgendwas verkauft, das nach Brot mit geschmolzenem Käse aussieht. Ein halber Monatslohn. Meine Eltern haben als Ingenieure umgerechnet fünf Mark im Monat verdient. Ich traue mich nicht zu fragen, ob ich so etwas haben kann. Wir haben belegte Brote und Kartoffelsalat als Proviant dabei.

Die erste Bewachungsschicht übernimmt mein Vater. Wir anderen laufen los, Bananen kaufen. Das wurde mir fest versprochen: Als erstes gibt es Bananen. Wir finden einen Supermarkt, alle möglichen Obstsorten, auch Bananen, liegen draußen vor dem Eingang, aber keiner klaut etwas. Die Menschen nehmen mit, soviel sie wollen, und gehen hinein, um es zu bezahlen. Ich kann es nicht glauben, ich traue mich nicht, die Bananen anzufassen.

Ich habe nur einmal eine Banane gegessen. Eine Freundin hatte sie mir zu Silvester geschenkt, dem großen russischen Fest des Jahres, Ersatzweihnachten für das religionsfreie kommunistische Rußland sozusagen. Weil ich aber die Winterferien bei meinen Großeltern verbrachte, war die Banane bereits ganz braun, als ich nach Hause kam. Ich aß sie trotzdem, das Köstlichste, was ich jemals gegessen habe. Vielleicht aber auch nur das Aufregendste.

Wir kaufen Bananen, sechs Stück, ein halber Monatslohn. Ich kriege die erste. Schäle sie ganz vorsichtig – da fällt sie herunter. Meine Banane fällt auf den dreckigen Asphalt. Meine erste deutsche Banane, ich heule und traue mich gar nicht, meine Familie anzusehen. Sie haben bestimmt unser ganzes Geld dafür ausgegeben, und ich lasse sie fallen. Ich höre gar nicht auf zu heulen. Sie schieben mir die anderen Bananen hin, aber ich will keine mehr. Ich habe sie nicht verdient.

Als wir wieder am Bahnhof ankommen, guckt mein Vater verwirrt und nachdenklich. Während wir weg waren, ist ein Mann auf ihn zugekommen und hat ihn auf russisch angesprochen. (Es gibt noch andere Russen außer uns in Deutschland?) Er hat sofort erkannt, daß mein Vater aus Rußland kommt, und zu ihm gesagt: »Das haben Sie gut gemacht, daß Sie hergekommen sind. Sie haben dabei nur zwei Fehler gemacht: Sie hätten das schon vor zwanzig Jahren tun sollen, und Sie hätten nur den hier mitnehmen sollen.« Er zeigte auf den gelben Aktenkoffer. Es gibt wirklich andere Russen in Deutschland?

Dreizehn

Die Perestroika ändert nichts. Alle hoffen darauf, aber die Läden bleiben weiterhin leer, 1991 gibt es sogar Lebensmittelkarten, jeder darf ein Kilogramm Nudeln pro Monat kaufen, und meine Eltern bekommen zeitweise ihr Gehalt monatelang nicht ausbezahlt.

Es gibt auch andere. Die Busineßleute. Busineß ist ein beliebtes neues Wort im Russischen. Es bedeutet, daß man in der richtigen Minute seinen Ingenieursjob aufgegeben hat und nun etwas an das Ausland verkauft oder aus dem Ausland einkauft, es bedeutet, daß es in der Schule plötzlich Kinder gibt, die bunte westliche Rucksäcke tragen, Barbies besitzen und in den Ferien nach Ungarn fahren. Das sind die Busineßkinder. Man darf jetzt aus Rußland ausreisen, aber meine Familie hat gerade mal das Geld für die Fahrkarte für den Bummelzug zur Datscha. »Wir sind keine Busineßmenschen«, höre ich meine Mutter seufzen und wünsche mir, es wäre anders.

Die Mutter meiner besten Freundin ist Dolmetscherin. Sie spricht Englisch und übersetzt nun für neue Investoren aus Skandinavien. Sie laden sie nach Norwegen und Finnland ein. Als sie zurückkommt, erzählt sie mit Tränen in den Augen, daß sie in einem Restaurant gegessen hat, in dem es Toiletten extra für Behinderte gegeben hat. In Rußland werden Behinderte in Heime gesteckt, in denen es nicht genug Rollstühle für alle gibt, und wie Aussätzige behandelt. Sie bringt Cola und Fanta in Dosen mit, einmal darf ich sogar probieren. Die leeren Dosen stellen sie in der Küche ganz prominent auf den Küchenschrank als Verzierung. Meine beste Freundin lädt unsere Klassenkameraden zu sich ein, damit sie die Sammlung bewundern können. Ich bin fast genauso stolz wie sie, schließlich bin ich fast jeden Tag bei ihr, ich habe die Blechdosen zusammen mit ihr bereits mehrmals ausführlich studiert. Einmal bringt ihre Mutter auch Cornflakes mit, und wir sind fasziniert davon, wie weich sie in der Milch werden.

Meine beste Freundin hat nun auch einen coolen bunten Rucksack, und ich fühle mich so wie mit vier Jahren, als sie angefangen hat, Eiskunstlauf zu machen, und ich das nicht durfte. Im Kommunismus sind zwar alle gleich, aber Eliteförderung wird trotzdem großgeschrieben. Wenn man ein Musikinstrument spielen lernen will, muß man eine Aufnahmeprüfung in einer Musikschule bestehen. Ich bin unmusikalisch und unsportlich, also darf ich weder ein Instrument spielen noch mit meiner besten Freundin zusammen Eiskunstlaufen lernen. Wir sind Zwillinge, sagen wir immer, wir leben im selben Haus, ich im sechsten und sie im zweiten Stockwerk, und kennen uns, seit wir laufen können, aber in diesen Tagen frage ich mich, ob Zwillinge nicht auch die gleichen Schulranzen haben sollten?

Unsere Klasse ist jetzt geteilt in diejenigen, die Sachen aus dem Westen haben, und »die anderen«. Ein Mädchen hat schöne Klamotten aus Deutschland und trägt sie auch in der Schule. Das ist verboten, wir besitzen alle die gleiche Schuluniform, die Jungs blaue Anzüge, die Mädchen braune Kleider mit schwarzen Schürzen, und sie fällt mit ihren bunten Sachen auf dem Schulhof sofort auf. Unsere Klassenlehrerin regt sich fürchterlich auf, aber abends rufen die Eltern dieses Mädchens bei der Schulleiterin an, und am nächsten Tag heißt es, Marina dürfe in der Schule alles tragen, was sie will. Es sind viele Gerüchte darüber im Umlauf, was die Schulleiterin dafür bekommen hat.

Ich bin zu Marinas Geburtstag eingeladen. Außer mir sind dort nur die reichen Kinder mit Spielsachen aus dem Westen, aber da meine beste Freundin dazugehört und wir als unzertrennlich gelten, werde ich auch eingeladen. Meine Mutter kauft Filzstifte, zwölf Farben, als Geburtstagsgeschenk für Marina. Ich besitze nur zehn Farben und bin ganz begeistert von dem Geschenk. Wie schade, daß mein Geburtstag erst im Winter ist.

Von ihren Eltern bekommt Marina einen Plüscheisbären (aus dem Ausland), den sie aber kaum beachtet. Ihr Kinderzimmer ist voll von Plüschtieren. Ich finde den Eisbären wunderschön; wenn ich könnte, würde ich ihn zu meinem besten Freund machen.

Später am Abend höre ich, wie eine Freundin Marina fragt, was sie denn alles bekommen habe. Marina zeigt stolz ihre Geschenke. »Und hier, guck mal, irgend jemand hat mir Filzstifte geschenkt, sowjetische, wer braucht schon so was?« sagt sie. Ich drücke den Eisbären an mich.

Zu Hause fragt mich meine Mutter, die sehr viel Geld für die Filzstifte ausgegeben hat, ob Marina das Geschenk gefallen habe.

»Ja, sehr! Sie war ganz begeistert, alle haben damit gemalt«, sage ich und gehe in mein Zimmer.

Jeder versucht nun, Rußland zu verlassen. Im Westen ist alles gut, in Rußland nichts. Plötzlich hat es auch etwas Gutes, Jude zu sein. Juden haben die Möglichkeit auszureisen, sie werden in Israel und manche sogar in Amerika aufgenommen. Plötzlich sind wir auf sehr viele Abschiedsfeiern eingeladen.

Nach Amerika auszureisen ist am schwierigsten. Man muß dort entweder einen Job sicher haben oder Verwandte. Beides haben wir nicht. Nach Israel darf jeder Jude, aber dort ist es unerträglich heiß und ganz anders als in Europa, hört man, da wollen meine Eltern nicht hin. Meine Cousine wandert nach Israel aus, und mein Bruder überlegt, sich ihr anzuschließen, er nimmt sogar Hebräischunterricht, aber dann läßt sein Abenteuersinn nach, und er bleibt in Petersburg.

Als meine Mutter meinem Vater erzählt, daß wir dank meinem Bruder eventuell bald eine Ausreisegenehmigung nach Deutschland haben, sagt mein Vater: »Nie im Leben fahre ich nach Deutschland.«

Sein Vater ist im Zweiten Weltkrieg gefallen, er selbst hat die Blockade um Sankt Petersburg als Kleinkind überlebt, nie im Leben wird er in das Land der Deutschen gehen.

Meine Mutter behält die Wartenummer dennoch. »Denk noch einmal darüber nach«, sagt sie zu ihm.

»Nie im Leben«, antwortet er noch einmal.

Drei Wochen später fragt er, ob meine Mutter den Zettel noch hat.

»Was ist passiert?« fragt meine Mutter besorgt.

Mein Vater war auf dem Weg von der Datscha nach Sankt Petersburg. Er saß im Zug und las Zeitung. Der Mann ihm gegenüber hob seine Füße und wischte seine dreckigen Gummistiefelsohlen an den Knien meines Vaters ab. Mein Vater rutschte nach links. Der Mann bewegte sich ebenfalls nach links, lehnte seine riesigen Füße weiterhin gegen die Knie meines Vaters.

»Was soll das?« fragte mein Vater.

»Geh doch nach Hause, nach Israel, du Drecksjude«, sagte der Mann, seine Stiefel immer noch gegen meinen Vater gelehnt. »Raus hier! Hier gehörst du nicht hin, du Scheißjude.«

Keiner reagierte. Mein Vater wußte nicht, was er tun sollte. Was hätte er darauf antworten können? Wir leben außerdem in einem zivilisierten, kulturell hochentwickelten Land. Er kann doch nicht aufstehen und den Mann schlagen. Ein Mann stand auf. Gut, dachte mein Vater, endlich sagt jemand was. Der Mann legte dem Widersacher die Hand auf die Schulter.

»Ruhig bleiben, Mann!« sagte er. »Warte noch ein bißchen. Bald schmeißen wir sie raus, diese Juden, aber bleib erst mal ruhig.«

»Ich will nicht nach Israel, da ist es mir zu heiß«, sagt mein Vater, als er die Geschichte zu Hause erzählt. »Aber ich will weg von hier. Ich will nicht, daß meine Kinder so etwas erleben.«

Vierzehn

»Es ist der fünfte Punkt«, sagten meine Eltern manchmal.

»Der fünfte Punkt?« fragten Verwandte in Gesprächen einander. Meistens wurde auf die Frage hin genickt.

»Mama, was ist der fünfte Punkt?« frage ich, als der Satz mal wieder fällt. Ich habe ihn schon oft gehört, aber ich weiß nicht, was er bedeutet.

Mit dem fünften Punkt sei der fünfte Punkt im Paß gemeint, erklärt mir meine Mutter. Nach dem Nach- und Vornamen, Geburtsort und -tag steht »Volkszugehörigkeit« als fünfter Punkt. In den Pässen meiner Familie steht »jüdisch« darunter. Der fünfte Punkt ist meistens dafür verantwortlich, wenn man nicht den Job bekommt, für den man sich bewirbt, oder nicht studieren darf, was und wo man will.

An den Universitäten in Rußland gibt es Klauseln, die besagen, wie viele Juden aufgenommen werden müssen. Viele Russen schimpfen, es seien immer noch zu viele. Später, in Deutschland, werden mich meine Eltern fragen, was denn hinter der Walser-Debatte steckt, worüber man sich eigentlich so aufrege, Antisemitismus ist, wenn er vom Staat kommt. Antisemitismus ist, wenn der fünfte Punkt im Paß steht und Jude ein oft gebrauchtes Schimpfwort ist.

Nach der Schule wollte meine Mutter unbedingt studieren. Als Klassenbeste bewarb sie sich an ihrer Traumuniversität. Die erste Prüfung war in Physik. Meine Mutter lernte fleißig, sie war mathematisch begabt. Alle Juden sind mathematisch begabt, sagen die Russen abfällig. Die Prüfung bestand aus einer schriftlichen Aufgabe und zwei mündlichen Fragen. Die schriftliche sollte angeblich besonders schwierig sein, aber meiner Mutter wurde eine erstaunlich leichte zugeteilt. Nach einer halben Stunde war sie fertig und ging zum Prüfer.

»Danke. Sie können nach Hause gehen«, sagte dieser und nahm die beschriebenen Blätter mit der Lösung an sich.

»Was ist mit dem mündlichen Teil? Wollen Sie mich nichts fragen?« wollte meine Mutter wissen.

»Nein. Gehen Sie nach Hause.«

»Aber warum?« sagte meine Mutter.

»Sie haben die schriftliche Aufgabe falsch gelöst. Sie sind jetzt schon durchgefallen«, erklärte ihr der Prüfer.

Meine Mutter rechnete im Bus nach Hause die Aufgabe noch zehnmal nach. Sie konnte nichts falsch gemacht haben. Zu Hause schaute sie in einem ihrer Vorbereitungsbücher nach. Die Aufgabe stand tatsächlich drin, die Lösung entsprach wortgenau der ihren.

»Sie wollen mich nicht, weil ich Jüdin bin«, stellte meine Mutter fest. »Seht ihr, das ist Antisemitismus.«

Vor der Oktoberrevolution durften Juden unter dem Zaren nur in Ghettos leben. Meine Großeltern wuchsen in dem Glauben auf, daß die Revolution alles verbessert hatte. Nach dem Sturz des Zaren sollten alle gleich sein, wurde ihnen versprochen. Sogar die Juden. Meine Großeltern wollten an den Kommunismus glauben, in dem niemand ausgegrenzt wird. Sie wollten ihrer Tochter beweisen, daß sie nicht umsonst für Lenin gekämpft haben. Sie fuhren an die Universität, zeigten das Buch mit der richtigen Lösung vor, gleich würde sich das Mißverständnis aufklären, sehen Sie, unsere Tochter hat richtig gerechnet.

»Die Unterlagen sind nach der Prüfung nicht mehr einsehbar«, hieß es von der Universitätsleitung. Wenn der Professor gesagt hat, sie habe die Aufgabe falsch gelöst, dann war dem auch so. Das ist staatlicher, von oben verordneter Antisemitismus.

Darüber, daß es den fünften Punkt in einem deutschen Paß nicht gibt, freuen sich meine Eltern Jahre später in Deutschland immer wieder. Kein fünfter Punkt im Paß. Staatsangehörigkeit: deutsch.

Fünfzehn

Deutschland ist bunt. Es ist so bunt, daß ich nicht weiß, wohin ich als erstes schauen soll. Es ist ruhig und aufgeräumt, im Vergleich zu Sankt Petersburg, aber vor allen Dingen ist es bunt. Am buntesten ist es in der Schule. Die Kinder tragen keine Schuluniformen, und ihre Fahrradhelme – wie witzig, daß man mit dem Fahrrad zur Schule fährt – stechen sogar aus dieser farbenfrohen Masse hervor und leuchten wunderschön gelb und pink. Am zweitbuntesten, aber viel schöner als Schule, sind die Supermärkte, in denen die Regale so voll sind, daß ich bestimmt Jahre brauchen werde, um mir alles anzuschauen. Mein Vater hat Angst, daß ich für eine Diebin gehalten werde, und deshalb darf ich mich nicht allzu lange vor jedem Regal aufhalten.

Bereits an meinem zweiten Tag in Deutschland komme ich in die Schule. Wir sind in einem Übergangswohnheim untergebracht, in das alle baden-württembergischen Kontingentflüchtlinge kommen, bis klar wird, in welcher Stadt gerade in einem Wohnheim genug Platz ist. Alle Kinder aus diesem Übergangswohnheim kommen in eine sogenannte Förderklasse, um

Deutsch zu lernen. Wir laufen zur Schule, eine Stunde hin und eine Stunde zurück, aber ich bin so aufgeregt, daß mir die lange Strecke nichts ausmacht.

Meine Klassenkameraden sind schon richtig lange in Deutschland, teilweise sogar schon zwei Wochen, und kennen sich hier aus. Einer von ihnen hat ein deutsches Federmäppchen mit wunderschönen lilaroten Drachen drauf, einem Reißverschluß und Buntstiften in allen Farben. Ich bin so beeindruckt, daß ich nicht einmal bemerke, wie der Lehrer das Klassenzimmer betritt.

Ich kann nur ein paar Worte Deutsch, Sätze, die mir mein Bruder beigebracht hat oder die ich auf der Zugfahrt nach Berlin in einem Lehrbuch gelesen habe. Einer davon lautet: »Ich spreche Deutsch, aber nicht sehr gut.« Ich bin sehr stolz auf diesen Satz, weil er so kompliziert ist, mit einem Komma und einer Aber-Konstruktion. Mein Ansehen unter meinen Klassenkameraden, die bislang vor mir aufgetrumpft haben, weil sie sich mit Deutschland schon so gut auskennen, wächst, als ich ihn ohne zu stocken von mir gebe.

Der Lehrer, Herr Meyer, ist sehr nett, er hat mittlerweile von seinen Schülern ein paar Fetzen Russisch gelernt, und mit Hilfe von zahlreichen Zeichnungen an der Tafel können wir uns ganz gut verständigen.

Am Sonntag, erklärt Herr Meyer uns, sei Muttertag. Das Wort schreibt er an die Tafel, und wir schreiben es langsam ab. Er malt Blumen und ein Geschenkpäckchen mit Schleife dazu, und meine Mitschüler versuchen mühevoll, ihm zu erklären, daß es in Rußland den Internationalen Frauentag am achten März gibt und unsere Mütter da Geschenke und Blumen von uns bekommen. Ich dagegen beschließe, ab sofort deutsch zu werden. Ich werde den deutschen Muttertag feiern.

Auf dem Rückweg von der Schule kommen wir an einem Supermarkt vorbei. Meine Mitschüler gehen hinein, um sich Kiwis zu kaufen.

»Weißt du schon, was eine Kiwi ist?« fragt mich einer. Ich schüttele den Kopf.

»Eine Kiwi ist eine deutsche Frucht«, erklärt er mir. »Die Deutschen essen ständig Kiwis. Eine Kiwi kostet vierzig Pfennig.«

An meinem zweiten Tag in Deutschland bin ich noch nicht soweit, vierzig Pfennig für eine kleine Frucht auszugeben. Ich habe zwei Mark von meinen Eltern für den Notfall bekommen, und ich werde sie nicht unüberlegt ausgeben. Ich muß etwas Deutsches mit dem Geld machen, was wiederum für die Kiwi spricht, die Deutschen essen ja ständig Kiwis, überlege ich, aber dann fällt mir der Muttertag ein. Ich muß meiner Mutter ein Geschenk kaufen, das am besten nicht den Preisrahmen von fünfzig Pfennig sprengen sollte. Wer weiß, wofür ich die restlichen Einsfünfzig brauchen werde. Vor dem Brotregal bleibe ich stehen. Verschiedene Sorten Brot und Brötchen und alles ohne Schlange. Eingepackt in einen Plastikbeutel liegen da auch vier Mohnbrötchen. Meine Mutter liebt Mohn, der in Rußland schwer zu kriegen war. Die vier Brötchen kosten neunundneunzig Pfennig. Ich hadere so lange mit mir, bis meine Mitschüler ungeduldig werden.

Die Brötchen liegen in meinem Rucksack, und auf dem Rückweg bin ich so stolz und glücklich, daß ich fast fliege. Heute ist Donnerstag, und bis zum Sonntag bleibe ich aufgeregt, warte auf meine große Überraschung.

Am Sonntag erkläre ich meiner Familie, was Muttertag ist. Stolz präsentiere ich meiner Mutter ihr Geschenk. Sie freut sich, gibt mir einen Kuß, und mein Bruder sieht so aus, als wäre er beleidigt, weil ich ihm nicht gesagt habe, daß heute der deutsche Muttertag ist.

Die Brötchen sind inzwischen steinhart.

Sechzehn

Meine Familie ist übers Wochenende da, was bedeutet, daß sie am Donnerstag abend ankommen und Montag mittag fahren, weil es sich sonst nicht lohnt. Es ist nur die Familie, und meine Mutter ist ganz aus dem Häuschen, daß wir alle beisammen sind, aber es sind immer noch zwei Eltern, eine Großmutter, ein Bruder, Jan und ich in einer kleinen Zweizimmerwohnung. Meine Eltern schlafen in unserem Bett, meine Großmutter auf der Couch, mein Bruder auf einer Luftmatratze auf dem Boden neben ihr, und Jan und ich, wir quetschen uns in Schlafsäcken auf Isomatten in die Küche, auf dem kalten Boden, wo ich lange nicht einschlafen kann.

Morgens kommt meine Mutter, die selten nach halb sieben aufwacht, in die Küche geschlichen, sie steigt ganz leise auf Zehenspitzen über uns hinweg zur Kaffeemaschine, jeden Morgen nimmt sie aufs neue an, daß sie uns nicht weckt. Jeden Morgen setze ich mich auf, genervt, erkläre ihr, daß wir am Wochenende normalerweise etwas länger schlafen, jeden Morgen antwortet sie mir: »Warum bist du nur so schlecht gelaunt? Ist es nicht schön, daß wir alle beisammen sind? Und war es nicht eine gute Idee, daß wir schon am Donnerstag gekommen sind, jetzt haben wir mehr Zeit füreinander!« Und dann noch, um mir ein schlechtes Gewissen zu machen: »Der Tag hat doch gerade erst angefangen, warum machst du so ein Gesicht? Ich wollte doch nur, daß der Kaffee fertig ist, wenn ihr alle aufwacht!«

Meine Mutter rennt durch die Wohnung und will unbedingt noch unsere Fenster putzen, mein Vater sagt, es sei verlorene Zeit, wenn wir zu Hause sitzen, wir müßten uns doch die Stadt anschauen, meine Großmutter stimmt ihm zu, ja, das müßten wir unbedingt, wir müßten gucken, ob sie genauso schön sei wie Sankt Petersburg, sie verirrt sich dauernd in der kleinen Zweizimmerwohnung, Jan geht immer öfter auf den Balkon, um zu rauchen, und ich bin mit den Nerven am Ende und mittlerweile heiser und erkältet, weil Schlafen auf dem Fußboden, trotz Isomatte, nichts für mich ist. Dann ist da noch mein Bruder, der mich doch wie kein anderer verstehen sollte, es ist doch auch seine Familie, er verteilt nach Lavendel stinkende Räucherstäbchen in der Wohnung und rät mir, ich solle mich auf den Boden vor eine weiße Wand setzen und meditieren, mindestens eine Stunde lang. Alternativ könnte ich auch ein paar Buddha-Bilder malen, das würde mich auch schon weiterbringen.

Am Samstag nachmittag ist meine Familie ohne

mich unterwegs, und ich versuche, zur Ruhe zu kommen. An ihrem Ankunftstag sind wir in der Stadt spazierengegangen, und meine Eltern mußten feststellen, daß weder Jan noch ich die Namen, Baujahre und -stile aller Kirchen und sonstiger wichtiger Gebäude wußten.

»Was war denn los?« hatte mich Jan später gefragt, als wir es uns auf dem Küchenboden bequem machten. Ich habe ihm erklärt, daß kulturelles Wissen für Russen sehr viel bedeutet.

»Ja, und deine Eltern haben ja auch dafür gesorgt, daß du die ganze Weltliteratur mit zwölf gelesen hattest und jeden Maler sofort erkennst. Aber du mußt doch nicht wissen, wie jede noch so kleine Kirche entstanden ist«, antwortete Jan.

Ich hatte meine Isomatte so unter den Küchentisch geschoben, daß meine Füße nicht mehr bei jeder Bewegung gegen die Tischbeine stießen, und nichts mehr gesagt.

Nun haben meine Eltern ein russisches Reisebüro entdeckt und sind auf einer russischsprachigen Stadtführung unterwegs. Ich bete zu Gott, daß sie sehr lange dauert. Sie sollen jede Sehenswürdigkeit abklappern. Zum Glück ist die Stadt groß.

Jan sitzt vor dem Fernseher und weigert sich, mir beim Aufräumen zu helfen. »Ich muß gerade mal die Ruhe genießen. Ich räume auf, wenn alle endgültig weg sind.« Meine Großmutter sitzt neben ihm – für sie ist eine Stadtführung zu Fuß zu anstrengend – und liest, aber manchmal schaut sie zu ihm hinüber und schüttelt den Kopf.

»Was ist denn los, Babuschka?« frage ich und setze mich zu ihr auf die Couch.

»Nichts, alles in Ordnung. Ich lese nur. Und freue mich, hier zu sein. So eine schöne Wohnung habt ihr. Und so eine schöne Enkelin habe ich. Wie ich, als ich noch jung war«, antwortet sie und gibt mir einen Kuß auf die Stirn.

»Ja, aber du schaust immer wieder zu Jan. Warum?«

»Ich schaue doch gar nicht.« Sie ziert sich. Auf eine würdevolle Weise ziert sich meine siebenundachtzigjährige Großmutter, sie will überredet werden.

»Doch, natürlich schaust du zu ihm, das sehe ich doch. Komm, sag mir, was los ist. Ich sage es auch nicht weiter.« Jan ist ohnehin nicht interessiert. Er starrt in den Fernseher und hat die Welt um sich her vergessen.

»Nein, ich schaue ja nur so«, ziert sich meine Großmutter weiterhin.

»Komm schon.« Ich umarme meine Großmutter. Das wirkt immer. »Du bist doch meine Lieblingsbabuschka, von all meinen tausend Babuschkas, weißt du das eigentlich?«

»Er arbeitet zuviel. Sieh ihn dir an, er sieht ganz müde aus. Seine Augen«, erklärt meine Großmutter und seufzt ganz laut. Als ob die Welt unterginge. Ich schaue mir

Jan an. Er könnte zurückblicken, aber er reagiert nicht, abschalten kann er gut, und seine Augen sehen aus wie immer. Außerdem haben wir bereits zwei Nächte auf dem Küchenfußboden verbracht.

»Jan, Babuschka findet, daß du müde aussiehst«, sage ich.

»Oh, nein. Ich bin aber nicht müde, machen Sie sich da keine Sorgen«, antwortet Jan und lächelt furchtbar lieb.

Meine Großmutter schüttelt weiterhin den Kopf und sieht ein bißchen unzufrieden aus. Dann dreht sie sich zu mir: »Und du? Arbeitest du zuviel?«

Als ich klein war, habe ich sehr viel Zeit bei meiner Großmutter verbracht. Meine Eltern haben beide gearbeitet, und ich wohnte deshalb wochenweise bei meinen Großeltern. Immer, wenn ich bei ihnen ankam, holte mein Großvater aus einem Wandschrank von ganz oben einen riesigen Plastiksack, der voll mit Spielsachen war. Auf dem Weg zu meinen Großeltern hatte ich immer ein bißchen Angst, dieser wunderbare Sack könnte verschwunden sein. Außerdem durfte ich bei meinem Großvater einmal am Tag die Märchen-Telefonnummer anrufen. Die war im Gegensatz zu den kostenlosen Stadtgesprächen gebührenpflichtig, eine auf Band aufgenommene Stimme erzählte ein Kindermärchen. Das Band wurde nicht oft gewechselt, aber mir machte es nichts aus, jeden Tag die gleiche Geschichte zu hören, zu Hause durfte ich dafür kein

Geld ausgeben. Später bekam mein Großvater Krebs, und ich verbrachte immer mehr Zeit mit meiner Großmutter.

Mittlerweile ist sie siebenundachtzig Jahre alt, und alle Strenge ist aus ihrem Gesicht verschwunden. Sie ist genauso sonnengebräunt wie damals, denn sie macht jeden Tag ihren Spaziergang und trägt dabei einen ihrer Damenhüte, die Jan so mag.

Ich nehme sie in den Arm, aber dann fängt sie wieder davon an, daß ich zuviel arbeite und zuwenig esse.

Kurz darauf klingelt es an der Tür, meine Eltern und mein Bruder sind von ihrer Stadtführung zurück, die meiner Meinung nach viel zu kurz war, und erzählen drauflos. Jan seufzt und macht den Fernseher aus, und mein Bruder sagt, er müsse nachher noch meditieren, und meine Großmutter beschwert sich, daß sie nicht dabei sein durfte.

Später beim Essen sagt meine Mutter: »Ich habe noch eine Überraschung für dich«, und das klingt geheimnisvoll und dramatisch und feierlich. Ich ahne Schlimmes.

»Du wirst nie erraten können, wer die Führung mit uns gemacht hat«, sagt sie und zwinkert meinem Vater und meinem Bruder zu.

»Wer denn?« frage ich. Ich habe keine Lust auf diese Ratespielchen.

»George Clooney«, sagt mein Bruder.

»Pst, du sollst ja gar nicht raten«, sagt meine Mutter. »Laß Anja!« Sie guckt mich erwartungsvoll an.

»Ich weiß es nicht. Jemand, den ich persönlich kenne?« frage ich.

»Das kann man wohl sagen«, sagt meine Mutter und lächelt dämlich.

»Ich habe keine Ahnung. Gib mir einen Tip.«

»Es ist ein Er.«

»Sage ich doch, es war George Clooney«, sagt mein Bruder.

»Andrej!« ermahnt ihn meine Mutter. Und dann noch einmal ganz erwartungsvoll: »Na, hast du gar keine Idee? Ich gebe dir noch einen Tip: Er hat früher nicht in München gelebt. Ich glaube, du weißt nicht einmal, daß er hier wohnt.«

»Wenn ich mal etwas sagen dürfte: Es scheint tatsächlich George Clooney zu sein«, sagt mein witziger Bruder.

Da hält es meine Mutter nicht mehr aus und sagt es: »Ilja.«

Ilja.

Mein Vater, meine Großmutter und Jan sind mit ihrem Hähnchen beschäftigt und schauen nicht einmal auf.

Ilja.

Meine Mutter sieht mich erwartungsvoll an. Gespannt.

»Hast du gewußt, daß er hier lebt?« fragt mein Vater, der anscheinend doch zugehört hat, und schaut rüber zu Jan. Ich sehe auch rüber zu Jan, aber Jan schaut auf sein Hähnchen und versucht, das Fleisch vom Knochen zu befreien.

»Wer, George Clooney?« fragt mein buddhistischer Bruder mit stoischer Gelassenheit.

»Nee, das habe ich nicht gewußt. Das letzte, was ich gehört habe, ist, daß er ein Jahr lang durch die Welt gereist ist und auf irgendwelchen Plantagen gejobbt hat, aber das ist bestimmt auch schon zwei Jahre her. Hat er sich verändert?« frage ich.

Mein Vater schaut besorgt zu Jan, der immer noch mit seinem Huhn beschäftigt ist, und meine Großmutter fragt auf russisch: »Weiß Jan, wer Ilja ist?«

»Mama, sprich Deutsch!« ermahnt meine Mutter sie, dabei kann meine Großmutter nur Jiddisch. Meiner Mutter sind solche Details egal.

»Klar weiß Jan, wer Ilja ist«, sage ich auf deutsch.

»Häh?« sagt Jan, »das ist doch dein Exfreund.« Ich schaue ihn an, und er schaut zurück. »Wenn du den Rest von deinem Hähnchen nicht ißt, nehme ich das«, sagt er.

»Sie ißt das schon, es ist nicht soviel«, antwortet meine Mutter für mich.

»Hat er sich verändert?« will ich wissen.

»Das wirst du selbst sehen. Er hat sich sehr gefreut, daß du hier lebst, ich habe ihm deine Telefonnummer gegeben, und er wollte dich unbedingt anrufen«, sagt meine Mutter.

Ilja.

Wollte mich anrufen.

Unbedingt.

Es ist normal, verteidige ich mich selbst, jeder ist aufgeregt, wenn er erfährt, daß er nach Jahren seine erste Liebe wiedersieht.

»Anjetschka, willst du dein Hähnchen noch?« fragt Jan.

Später, als wir alleine sind, frage ich Jan, ob ihm das Gespräch am Tisch etwas ausgemacht hat, und er fragt verwundert: »Warum?«

»Na ja, weil es um meinen Ex ging.«

»Er war deine erste große Liebe, ihr wart lange zusammen, deine Eltern kennen ihn, nun erfährst du, daß er in derselben Stadt wohnt wie du, ist doch alles normal«, antwortet er.

Ist doch normal, sage ich mir auch.

»Und würde es dir was ausmachen, wenn ich ihn träfe?«

»Nein, wieso?« sagt Jan und guckt ehrlich verständnislos drein. »Ich weiß doch, daß du mich liebst. Und das mit euch ist Jahre her!«

Später, als ich mit meinem Vater alleine bin, sagt er: »Vielleicht solltest du dich nicht mit Ilja treffen. Es wäre nicht nett gegenüber Jan. Er wird nichts sagen, weil Männer über so was nicht sprechen, aber es wäre nicht schön für ihn.«

Mein Vater ist auch ein Mann und redet sehr ungern

über solche Dinge. Daß er es jetzt doch tut, nervt mich. Ich habe keine Lust auf dieses Gespräch.

»Danke für deinen Rat. Ich werde darüber nachdenken«, antworte ich knapp. Mein Vater will noch etwas sagen, aber ich gehe aus dem Zimmer.

Kurz darauf findet meine Mutter eine Gelegenheit, mir zu sagen: »Ich wollte es ja vorhin nicht sagen, aber Ilja sieht sehr gut aus, und er freut sich wirklich, dich zu sehen.« Und dann: »Weißt du noch, wie sehr du in ihn verliebt warst, wie sehr du immer auf seine Anrufe gewartet hast? Mein Gott, dieser große Liebeskummer. Du hast gedacht, dein Herz sei für immer gebrochen!«

Das nervt noch mehr als die Tips meines Vaters, aber ich nicke brav, denn natürlich weiß ich es noch, der tolle, umwerfende, charmante, gutaussehende, witzige, der perfekte Ilja, meine erste große Liebe, natürlich weiß ich es noch.

Als mein Vater, mein Bruder und ich abends Rummicub spielen – Jan spielt nicht mit, weil er der Meinung ist, daß wir viel zu lange, viel zu logisch, viel zu mathematisch und vor allem viel zu ehrgeizig über jeden Zug nachdenken, meine Großmutter schläft schon, und meine Mutter brät Frikadellen für die nächsten Wochen für uns vor –, klingelt das Telefon. Ich bin gerade an der Reihe und muß ganz dringend gewinnen, bevor mein Bruder es tut, also geht Jan ans Telefon.

»Anja, für dich«, ruft er von nebenan.

»Gleich«, murmele ich, »wer ist es denn?«
»Ilja.«
Ilja.
Ilja hat angerufen.

Siebzehn

Jeder, der nach München kommt, will bayerisch essen. Ich mag weder Schweinefüße noch Kartoffeln in Knödelform und schon gar nicht Kraut in sonderbaren Farben. Aber wir haben viele Freunde, die überall in Deutschland verstreut wohnen und uns oft in München besuchen, und leider alle mindestens einmal »so richtig urbayerisch« essen wollen, also habe ich nach langer, unangenehmer und kostspieliger Suche, deren Weg mit fettem Fleisch und Knödeln gepflastert war, ein bayerisches Lokal gefunden, das trotz hoher Dekken, Kellnern in Lederhosen und riesigen Bierkrügen meistens ein vegetarisches Gericht auf der Speisekarte hat. Dort bin ich nun an jedem Wochenende Gast, an dem wir Besuch haben. Ich habe sogar schon einen Lieblingskellner, einen Sachsen, dem die Lederhosen besonders gut stehen.

»Heute abend laden wir euch alle zum Essen ein. Bayerische Küche«, verkündet Jan. Ich beobachte meine Familie. Im Gesicht meiner Mutter Zweifel: Einerseits will sie sich unbedingt unserem Lebensstil anpassen und möglichst deutsch sein, andererseits erkennt sie den Sinn dieser Einladung nicht. Wir haben doch so viel zu Hause zu essen.

Mein Vater sagt sofort: »Gut, sehr gut. Aber ich lade euch ein, ja?«

Meine Großmutter und mein Bruder reagieren nicht, sie hat es gar nicht verstanden, er ist in ein Buch über Zen-Buddhismus vertieft.

Jan schaut mich fragend an. Ich zucke mit den Schultern.

»Ihr seid zu Besuch, und wir laden ein«, sagt er sehr bestimmt zu meinem Vater.

Mein Vater schaut mich an. Er ist das Familienoberhaupt und möchte zahlen. Ich zucke mit den Schultern.

»Wir können das vor Ort entscheiden. Vielleicht will ja Andrej für alle zahlen«, sage ich.

»Häh?« fragt Andrej, ohne vom Zen-Buddhismus aufzuschauen.

Ein Kellner in Lederhosen bringt die Speisekarten und fragt, ob wir schon wissen, was wir trinken wollen.

»Wir überlegen noch«, sage ich, bevor irgend jemand anderes etwas sagen kann. Mein Vater klingt, wenn er aufgeregt ist, was er in Restaurants eigentlich immer ist, sehr kurz angebunden und dadurch unhöflich. Meine Mutter hat keine Angst, dafür aber einen fast unterwürfigen Ton. Meinem Bruder ist alles egal.

»Wir müssen alle etwas Unterschiedliches bestellen«, sagt meine Mutter, als der Kellner geht. »Damit jeder alles probieren kann.«

»Ich nehme Ente«, sagt mein Bruder.

»Das wollte ich auch nehmen«, sagt Jan.

»Dann mußt du etwas anderes nehmen, Andrej«, bestimmt meine Mutter.

»Warum? Ich will auch Ente«, erklärt mein Bruder.

»Ist die Ente groß?« fragt mein Vater Jan.

»Du nimmst auf keinen Fall Ente«, sagt meine Mutter. »Die beiden wollen doch schon Ente nehmen.«

»Würde mir jemand übersetzen?« fragt meine Großmutter. »Aber nichts mit Schweinefleisch bitte.«

Kein Schweinefleisch zu essen ist ihr Zugeständnis ans Judentum.

Meine Mutter sucht die Gerichte ohne Schweinefleisch heraus. Zum Beispiel »Zanderfilet an Bärlauchsoße« oder »Kälberne Fleischpflanzerl mit Kartoffelruccolasalat«. »Also, du kannst dich zwischen Fisch mit Reis oder Frikadellen mit Kartoffelsalat entscheiden«, übersetzt meine Mutter die bayerische Speisekarte notdürftig ins Russische.

»Aber das haben wir doch auch alles zu Hause«, sagt meine Großmutter.

»Hier gibt's aber die ganz tollen Soßen, Oma«, erklärt mein Bruder.

»Haben Sie sich entschieden?« fragt der Kellner, der wieder an unseren Tisch kommt.

Wir bestellen die Getränke.

»Das ist viel zu groß für mich«, ruft meine Großmutter aus, als ein halber Liter Apfelschorle vor ihr steht.

»Dann trinkst du es einfach nicht aus«, sage ich.

»Ja, aber warum habe ich es dann bestellt?« fragt sie.

»Wissen Sie auch schon, was Sie essen wollen?« fragt der Kellner.

»Ja«, sagt Jan in demselben Moment, in dem ich »nein« sage.

Wir schauen uns an. Ich versuche, besonders eindringlich zu gucken.

»Ich glaube, wir brauchen doch noch einen Moment«, sagt Jan.

»Was ist denn?« fragt er, als der Kellner geht. »Ich dachte, wir haben uns entschieden.«

»Nein, noch nicht alle«, erkläre ich.

»Wie schmeckt denn ein Sekundensteak?« fragt meine Mutter.

»Bestimmt gut«, antwortet Jan.

»Wir könnten den Kellner fragen, wie es genau zubereitet wird«, schlägt meine Mutter vor.

»Es wird einfach nur besonders kurz gebraten«, erkläre ich. »Da gibt es nichts zu fragen.«

»Wenn du etwas fragst, Anja, dann kannst du auch gleich fragen, wie groß die Ente genau ist«, sagt mein Vater.

»Können wir bestellen?« fragt mein Bruder. »Ich hab Kohldampf.«

»Wollen wir nicht zuerst darauf anstoßen, daß unsere Familie versammelt hier sitzt?« fragt meine Mutter. »Konntet ihr euch vor fünfzehn Jahren vorstellen, daß wir in einem deutschen Restaurant so sitzen würden?«

»Der Kellner schaut uns schon komisch an, wir sollten bestellen«, sagt mein Vater. »Bestimmt findet er es nicht gut, daß Ausländer hier sind.«

»Das nächste Mal essen wir vielleicht doch lieber zu Hause«, flüstert mir Jan ins Ohr. Ich blicke ihn an.

»Ich will keine große Portion«, sagt meine Großmutter. »Ich schaffe ja nicht mal die Apfelschorle.«

Ich drücke unter dem Tisch Jans Hand.

Achtzehn

Wäre ich vorgewarnt gewesen, hätte ich anders reagiert. Wäre ich vorgewarnt gewesen, hätte ich bestimmt etwas gesagt. Etwas Sinnvolles gesagt. Nicht »hallo«, in einer viel zu hohen Tonlage, und dann ganz lange nichts mehr. Wäre ich vorgewarnt gewesen, wäre ich bestimmt auch nicht hingegangen, einen Tag nachdem mir ein Weisheitszahn gezogen worden ist, mit dicker Backe. Und ich hätte mir die Beine rasiert.

Aber niemand hatte mich vorgewarnt. Nicht meine beste Freundin. Und auch nicht meine Mutter, die doch sonst zu jedem Anlaß einen Ratschlag parat hält.

Niemand hatte mir gesagt, daß Exfreunde gut aussehen. Sehr gut aussehen. Daß sie charmant sind, genauso charmant wie in der weit verstauten Erinnerung, nur noch ein bißchen charmanter. Daß sie erstaunlich gut riechen. Niemand hatte mich vorgewarnt, niemand hatte zu mir gesagt: »Anja, nimm dich in acht, dein Herz wird klopfen, und du wirst dich fühlen wie in einem Hollywood-Film, in einem von denen, die man eigentlich nicht anschaut, weil sie so peinlich kitschig sind.«

Nur deshalb. Nur deshalb stand ich da und sagte »hallo«, in einer viel zu hohen Tonlage, und dann ganz lange nichts. Nur weil mich niemand vorgewarnt hatte. Ich stand also da und fragte mich, warum ich mir, zum Teufel noch mal, die Beine nicht rasiert hatte. Dabei trug ich eine Jeans.

Ich schaue aus dem Fenster der Straßenbahn und frage mich, warum mich niemand vorgewarnt hat. Ich klammere mich an dieser Frage fest, weil ich nicht über das Treffen nachdenken möchte, darüber, wie ich viel zu laut geredet habe und wie wir gelacht haben beim Kaffee, aber vor allem möchte ich nicht an sein Lächeln denken und seinen Geruch, als er mich umarmte (zweimal: zur Begrüßung und zum Abschied), und auch nicht an seinen Blick. Ja, vor allem möchte ich nicht an ihn denken.

Ilja.

Und tue es doch. Ich denke an Ilja, meinen Exfreund, schaue aus dem Fenster der Straßenbahn und grinse blöd vor mich hin. Ich schäme mich für mein Grinsen, weil ich nicht mehr fünfzehn bin und Ilja mein Exfreund ist, und grinse weiterhin vor mich hin. »Gut siehst du aus«, hatte er gesagt (zur Begrüßung!, aus Höflichkeit?) und: »Schön, dich zu sehen« (beim Kaffee, und dabei hat er mir in die Augen geschaut).

Ich muß plötzlich an einen Spruch denken, den ich vor ein paar Tagen gelesen habe. »Im Leben jeder Frau gibt es zwei Männer: den, den sie geheiratet hat, und den, den sie nicht geheiratet hat.« Ich bin noch gar nicht verheiratet, aber ich habe Jan. Und da ist Ilja, der andere, von dem ich später, wenn ich Jan geheiratet habe, sagen werde, er sei der, den ich nicht geheiratet habe.

Ilja hatte über meine dicke Backe gelacht und gesagt, daß ich aussehe wie ein Hamster. Ein süßer Hamster allerdings. Schön klingt das irgendwie. Jan hatte gestern gesagt, er liebt mich auch mit dicker Backe. Das hatte mich weniger erfreut.

Stop. Aufhören. Es ist egal, was Ilja sagt.

Er hatte auch gesagt, daß er sich freut, daß meine Augen immer noch so leuchtendgrün sind. »An deine strahlenden Augen erinnere ich mich noch aus dem Wohnheim.« Ilja ist auch ein Kontingentflüchtling, wir haben uns in meiner zweiten Woche in Deutschland kennengelernt und haben das Land sozusagen zusammen entdeckt. Kitsch, sage ich mir, dieses Gerede von schönen Augen. Blöder Kitsch. Vorhin, im Café, klang es trotzdem schön. Ich schaue aus dem Fenster und hoffe, daß ich bald bei Lara ankomme, damit sie mir erklären kann, was mit mir los ist.

Mein Handy vibriert, eine SMS: »Na, wie geht's deiner Backe? Soll ich heute abend eine leicht zu schlukkende Kartoffelcremesuppe für dich kochen? Liebe Grüße, Jan.«

Ich habe so einen lieben Freund.

Ich grinse blöd aus dem Straßenbahnfenster.

Ilja.

Neunzehn

Jan und ich streiten uns bei Aldi, genauer gesagt streiten wir uns in dem Gang mit den Konservendosen. Wir haben ein Auto gemietet, weil wir übers Wochenende in die Berge fahren wollen, und am Freitag nachmittag fahren wir damit einkaufen.

»Tomaten«, sagt Jan, »wir brauchen eine Palette Tomaten aus der Dose.« Er bleibt vor dem Regal mit den Tomaten stehen und vergleicht die Preise. Ich stehe mit dem Einkaufswagen daneben und beobachte ihn dabei, wie er pürierte Tomaten im Tetra-Pak einzuladen beginnt.

»Jan, laß uns lieber die Dosen nehmen«, sage ich zu ihm.

»Warum? Die sind teurer, und man muß sie mit dem Dosenöffner aufmachen, das hier geht doch viel einfacher.« Er unterbricht nicht, lädt einfach weiter ein.

»Ich mag kein Essen aus Pappe«, erkläre ich.

Die Asylanten, die in unserem Wohnheim leben, bekommen im Gegensatz zu uns, die wir Sozialhilfe erhalten, kein Geld. Sie warten auf eine Aufenthaltsgenehmigung oder eine Ausweisung.

Einmal in der Woche kommt ein Lastwagen und bringt den Asylanten ihr Essen. Es ist der gleiche Tag, an dem wir alle auch frische Bettwäsche ausgeteilt bekommen. Sie ist dunkelblau-weiß-kariert und unangenehm steif. Nach der Bettwäsche wird das Essen ausgeteilt, und unsere Eltern gehen zurück ins Haus, aber wir Kinder schauen bei der Essensverteilung zu. Die Asylanten stehen alle vor dem Lastwagen, und ein Mann reicht ihnen von oben Kartons. Mineralwasser in Kartons, Nudeln in Kartons, sogar Brot in Kartons, Tomaten in Kartons. Wir sehen ihnen zu, wie sie um noch mehr bitten, und sind heilfroh darüber, daß wir Geld haben, um selbst im Supermarkt einzukaufen.

Ich muß an meine Großmutter denken, die oft von der Blockade um Sankt Petersburg während des Zweiten Weltkriegs erzählt. Sie bekamen für Lebensmittelmarken hundertfünfzig Gramm Brot pro Tag, sonst gab es nichts zu essen. Einmal verlor die kleine Schwester meiner Großmutter ihr Märkchen, wollte es aber nicht sagen. Hätte meine Großmutter das nicht zufällig gemerkt und ihr Brotstückchen mit ihr geteilt, hätte ihre Schwester diesen Tag nicht überlebt. An Geburtstagen haben sie laut aus Kochbüchern Rezepte vorgelesen, erzählt meine Großmutter. Jedesmal, wenn ich die Asylanten ungeduldig wartend vor dem Lastwagen sehe, ihre Hände greifen nach oben zu dem Mann, der das in Kartons verpackte Essen austeilt, habe ich meine Großmutter vor Augen, wie sie ihre Lebensmittelkarte jemandem entgegenstreckt, um ihre hundertfünfzig Gramm Brot abzuholen.

Zwanzig

In unserem ersten Winter in Deutschland werde ich krank. Ich habe eine Nebenhöhlenentzündung, und die entwickelt sich langsam zu einer schweren Bronchitis, die fast den ganzen Winter dauert. Nachts kann ich nicht schlafen und huste so stark, daß ich weinen muß. Meine Familie kann auch nicht schlafen.

Wir leben nun seit über einem halben Jahr im Wohnheim, und alle sind mit den Nerven am Ende. Vorbei ist das Gefühl des Zusammenhalts unter den jüdischen Einwanderern aus Rußland in unserer Baracke, das hauptsächlich auf Unwissen und Unsicherheit vor der neuen Heimat basierte. Wie in einer Schulklasse haben sich unter den Erwachsenen Grüppchen und Bündnisse gebildet, und in der Küche, die wir uns zu sechzig teilen, werden richtige Kämpfe ausgetragen. Jeder träumt von einer eigenen Wohnung.

Im Zimmer neben uns wohnt ein Mann, dessen Frau etwa fünfzehn Jahre jünger ist als er. Da die Wände aus ein paar dünnen Holzbrettern bestehen, sind wir bestens informiert darüber, daß sie es im Wohnheim nicht mehr aushält und bald nach Rußland zurückwill, wenn er keine Wohnung für sie findet.

Mit meinem Husten raube ich auch ihr den Schlaf.

»Ich halte es hier nicht mehr aus!« höre ich sie eines Nachts wieder einmal sagen, verzweifelt, weinerlich, fast wie ein unzufriedenes kleines Kind. Ich huste bereits so leise wie möglich, weniger ihretwegen, sondern vielmehr, um meine Familie nicht zu stören und damit meine Mutter sich nicht solche Sorgen um mich macht.

Was genau der Mann auf seine Frau einredet, kann ich nicht verstehen, ich höre nur das minutenlange Gemurmel von Stimmen.

»Nein! Ich kann einfach nicht mehr!« ruft die Frau plötzlich, sie hat eine sehr hohe, unangenehme Stimme. »Tu was dagegen, sonst bin ich weg!«

Eine Minute später hämmert es an unserer Tür. Mein Vater klettert vom Stockbett herunter und zieht sich seine Trainingshose an. Ich mache die Augen zu, damit er denkt, ich schlafe. Meine Mutter will auch aufstehen, aber mein Vater winkt ihr zu, sie solle liegenbleiben. Er öffnet die Tür.

»Ihre Tochter hält meine Frau vom Schlafen ab«, sagt der Nachbar, so laut, daß nun auch meine Großmutter wach ist.

»Das tut mir leid. Aber sie ist krank«, sagt mein Vater. Ich glaube, er muß sich zusammenreißen, damit er so ruhig klingt.

»Sie soll damit aufhören. Wir wollen ruhig schlafen!« Der Nachbar ist ziemlich laut, gleich werden die Leute in den anderen Zimmern wach.

»Sie kann nicht damit aufhören. Sie ist krank. Verstehen Sie, sie ist krank!« sagt mein Vater.

»Ich glaube, Sie zwingen Ihre Tochter zum Husten, damit wir nicht schlafen können, das glaube ich!« sagt der Mann.

Mein Vater sagt erst mal gar nichts, meine Großmutter und ich setzen uns auf, meine Mutter springt jetzt auf und läuft in ihrem Nachthemd zur Tür.

»Was sagen Sie da? Das Kind ist krank, sie hat eine Bronchitis und seit Tagen Fieber, das nicht runtergeht, und Sie unterstellen uns so einen Blödsinn?« ruft sie, und ihre Stimme hört sich schrill an, als würde sie Tränen unterdrücken.

Die nächste Tür geht nun auf, die Frau von gegenüber kommt auch in den Flur, aber was sie sagt, kann ich nicht verstehen. Ich habe schon wieder einen Hustenanfall.

Am nächsten Tag ist der nächtliche Streit das große Gesprächsthema in der Küche. Ich liege oben in meinem Stockbett und darf nicht aufstehen. Ich soll niemanden anstecken, sagt meine Mutter, wir hätten genug Probleme. Ich lese zum drittenmal dasselbe Buch, huste so sehr, daß mir die Lunge weh tut, und sehe meiner Großmutter von oben dabei zu, wie sie am Tisch in ihrem Buch blättert und bei jedem meiner Hustenanfälle den Kopf schüttelt und »ojojoj« sagt. In der darauffolgenden Nacht höre ich meine Mutter weinen. Es sind noch vier Tage bis Silvester.

Silvester ist das große Fest in Rußland. Weihnachten wurde im kommunistischen Rußland nicht gefeiert, aber Neujahr war um so wichtiger. Es gibt geschmückte Tannenbäume und Geschenke. Mein Bruder, der zum Studieren weggezogen ist, kommt in diesen Tagen nach Hause ins Wohnheim. Er bringt mir einen Clown mit, der mit dem Kopf wackelt und Musik spielt, wenn man ihn mit einem Schlüssel in seinem Rücken aufzieht. Mein Bruder ist jetzt ein Mann von Welt, der schon andere deutsche Städte gesehen hat. Ich bin begeistert.

»Wir werden ein schönes Fest miteinander verbringen!« sagt meine Mutter, die unbedingt will, daß er sich zu Hause wohl fühlt, aber er merkt trotzdem, wie gedrückt die Stimmung nicht nur in unserer Familie, sondern im gesamten Wohnheim ist. Er kauft Raketen und Böller ein, aber am 31. Dezember wache ich mit besonders hohem Fieber auf, und es ist klar, daß ich nicht raus darf. Bis zum Nachmittag hat auch mein Bruder es aufgegeben, gute Laune verbreiten zu wollen.

Gegen sechs Uhr abends klopft es an die Tür. Ilja steht draußen.

»Draußen auf dem Hof ist eine Familie, die nach euch sucht«, sagt er. »Die sind aber nicht von hier.«

Wir schauen uns erstaunt an. Wir erwarten keinen Besuch und kennen auch niemanden hier. Vor lauter Neugierde geht es mir plötzlich besser. Mit herauskommen darf ich trotzdem nicht. Die anderen ziehen ihre Jacken an und laufen alle hinaus, auch meine Großmutter. Das Zimmerfenster hat einen Blick auf die falsche Seite, der Hof ist nicht zu sehen, und ich vergehe an der Tür fast vor Neugierde.

Dann höre ich im Flur wildes Freudengeschrei. Es hört sich nach meiner emotionalen Mutter an, die sich freuen kann wie ein Kind, aber auch die Stimme meines Vaters klingt fröhlich, fröhlicher, als ich sie seit Monaten gehört habe. Der Besuch sind Freunde aus Sankt Petersburg, die seit einem halben Jahr in Hessen leben. Sie haben sich von Bekannten ein Auto geliehen und machen ihren ersten größeren Ausflug in Deutschland zu uns. Sie sind die ersten richtigen Freunde, die wir seit Mai sehen, die ersten Menschen, mit denen wir nicht nur deshalb reden, weil wir sie zufällig im Wohnheim kennengelernt haben.

Dieses Silvester feiern wir zu acht in unserem zwölf Quadratmeter großen Wohnheimzimmer, wir haben schnell etwas zu essen hervorgezaubert, ich liege oben im Bett und kriege meinen Teller nach oben gereicht. Mein Vater bricht irgendwo einen Tannenzweig ab, und wir schmücken ihn mit Bonbons. Mein Bruder holt einen CD-Player hervor, und kurz nach Mitternacht schieben wir die Stühle an die Wand und tanzen alle mitten im Zimmer, auch ich mit meinem hohen Fieber, und auch meine Großmutter, die eigentlich Schmerzen in den Beinen hat.

»Ihr seid das beste Geschenk, das wir hätten bekommen können. Und das ist das schönste Silvester, das wir hätten verbringen können! Das Jahr soll so schön werden wie die heutige Nacht«, sagt meine so emotionale Mutter später beim Anstoßen mit Sekt mit Tränen auf den Wangen, aber diesmal verdrehen wir anderen nicht die Augen.

Einundzwanzig

Christa, eine sehr große Frau, hat die Wohnheimkinder auf eine Farm eingeladen, heißt es in der Küche. Viel mehr weiß keiner über sie, aber wir dürfen trotzdem zu ihr fahren. Sie gehört einer Organisation an, die Asylanten helfen will, und ist deshalb ins Wohnheim gekommen. Zufällig entdeckte sie, daß dort auch Juden aus Rußland leben, und lädt uns Kinder für ein paar Tage in den Sommerferien ein. Später stellt sich raus, daß ihre Familie auf einem Bauernhof lebt, aber das Wort »Bauernhof« kennt keiner aus dem Wohnheim, und Christa erklärt es mit dem Begriff »Farm«. Eine Farm kennen wir aus sowjetisch-propagandistischen Erzählungen über Amerika, da leben Schweine und Kühe, es gibt große Plantagen, und Arbeiter mit Strohhüten werden von einem Kapitalisten, dem Farmbesitzer, ausgebeutet.

Wir sind vier Kinder, die zu Christa fahren. Ilja ist einer davon. Die Farm ist eine Überraschung: Es gibt tatsächlich Kühe und Schweine, die in einem Stall leben, Christa und ihre Familie dagegen leben in einem schönen großen Haus, einen Strohhut trägt hier niemand. Für uns ist es das Paradies.

Wir dürfen Traktor fahren, helfen im Stall und beim Kirschenpflücken mit, wir machen lange Spaziergänge mit Christas Hund und fahren mit ihr ins Freibad, es gibt keinen Stacheldraht und keine Wohnheimstreitereien, und einmal am Tag laufen wir zum Kaugummiautomaten im Dorf und holen uns bunte Kaugummis für zehn Pfennig. Mit Christa verständigen wir uns mit Hilfe von Händen und Füßen, mit den paar Brocken Deutsch, die Ilja bereits kann, und meinem Englisch, das ich noch aus Rußland habe.

Gegessen wird bei Christa in einer riesigen Küche im oberen Stockwerk. Der Tisch scheint endlos lang zu sein, die ganze Familie und alle, die auf dem Bauernhof mitarbeiten, essen hier. Am ersten Abend gibt es einen Braten mit Kartoffeln und Salat. Wir sitzen schüchtern in einer Ecke, drängen uns aneinander, verstehen kein Wort und essen still vor uns hin. Die Kartoffeln sind in einer riesigen Schüssel, auch nachdem jeder sich genommen hat, sind noch viele Kartoffeln übrig.

In Petersburg gab es selten gute Kartoffeln. Wenn wir Kartoffeln hatten, gab es sie als Sonntagsfrühstück. Eine meiner ältesten Erinnerungen: mein Vater, wie er meinen Bruder und mich am Sonntagmorgen, viel zu früh, aus dem Bett schmeißt und in die Küche holt. Auf dem Tisch steht ein Topf voller Pellkartoffeln, dazu gibt es Hering und Lauchzwiebeln und saure Sahne und zum Trinken Kefir. Ich lud mir immer viel zuviel davon auf den Teller, die Kartoffeln sollten mir nicht ausgehen, bevor ich satt wurde.

Der Braten schmeckt gut, aber als wir gefragt werden, ob wir noch etwas wollen, zeigen wir alle auf die Kartoffeln. Die Tatsache, daß wir so viele davon haben können, wie wir wollen, ist so aufregend, daß der Hunger nicht kleiner zu werden scheint. Wir essen sie ohne Soße, schneiden sie einfach nur in Stücke und stopfen sie uns um die Wette in den Mund.

Nach dem Essen stehen die Erwachsenen auf, machen sich wieder an die Arbeit, und nur wir bleiben mit Christa und ihrer Schwester am Tisch sitzen. »Wollt ihr Pudding haben?« fragt Christa uns. Wir kennen sie kaum, sind aber jetzt schon ganz verrückt nach ihr. Christa ist um die dreißig Jahre alt, was uns sehr alt erscheint, aber sie ist für jeden Spaß zu haben. Wir dürfen sie duzen, sie läßt uns beim Traktorfahren abwechselnd ans Steuer, sie fährt Schlangenlinien, wenn wir mit dem Auto durch die Felder fahren, und bespritzt uns unten am Fluß so lange mit Wasser, bis wir alle klatschnaß sind und vor Lachen nicht mehr stehen können. Ich hoffe, wir müssen nie wieder nach Hause, ins Wohnheim.

Wir schauen uns an. Nachdem die anderen Erwachsenen weg sind, fühlen wir uns wieder freier.

»Was ist Pudding?« fragt Ilja. Wir sind die beiden Älteren und lernen Deutsch um die Wette. »Christa, wie heißt das auf deutsch?« fragen wir abwechselnd so lange, bis sie ihre Augen verdreht und anfängt zurückzufragen: »Anja, Ilja, wie heißt das auf russisch?« In diesem Sommer bringen wir ihr Lesen auf russisch bei.

»Pudding ist etwas Süßes. Mit Schokolade, aus Milch«, erklärt sie. Wir zucken mit den Schultern, wir kennen das nicht.

»Koch doch einfach welchen«, sagt Christas Schwester. »Alle Kinder mögen Pudding.«

Der Pudding wackelt und wabbelt ganz fürchterlich. Seine Konsistenz ist für uns so ungewohnt, daß wir das glibberige Zeug nicht einmal probieren wollen. Natürlich sind wir zu höflich, um das zu sagen. Christa und ihre Schwester sind in ein Gespräch vertieft, und wir beratschlagen uns auf russisch. Ilja muß das komische Zeug als erster probieren, er ist der Älteste. Wir schauen ihm kichernd dabei zu, wie er den Löffel zum Mund führt und das Gesicht verzieht. Sie sind schon komisch, die Deutschen. Wie kann es in ein und demselben Land wunderbare Kaugummis aus dem Automaten und dieses seltsame wackelnde Zeug geben? Wir würgen den Pudding runter.

»Schmeckt er euch nicht?« fragt Christa.

»Ja, schmeckt gut«, sage ich und versuche vergeblich zu lächeln.

Christa ist nicht böse. Sie lacht und nimmt den Pudding vom Tisch.

»Alles ist sehr lecker bei dir, Christa«, sagt Ilja. »Nur nicht Pudding.«

»Vielleicht mögen russische Kinder doch andere Sachen als deutsche«, sagt Christas Schwester. »Was mögt ihr denn?«

Kaugummis aus dem Automaten. Doppelkekse. Wassereis, das aussieht wie ein Bleistift. Kirschen direkt vom Baum. Bananen. Alles aus der Süßigkeitenabteilung im Supermarkt.

»Kartoffeln«, antwortet Ilja.

»Stimmt. Über die Kartoffeln seid ihr hergefallen«, sagt Christa. »Wollt ihr noch welche haben? Wir können noch mal Kartoffeln kochen.«

Wir schauen uns an. Man bittet nicht um noch mehr Essen, wenn man irgendwo zu Besuch ist. Unsere Eltern würden sich für uns schämen. Wir nicken alle vier gleichzeitig, ganz eifrig. Christa kocht Kartoffeln für uns, und wir sechs sitzen an dem riesigen Tisch in der Küche, die so groß ist wie mehrere Zimmer im Wohnheim, und essen Kartoffeln. Wir stopfen sie glücklich in uns rein und lachen dabei, und irgendwann holen Christa und ihre Schwester auch für sich selbst Teller und essen mit. An diesem Abend kocht Christa noch zweimal Kartoffeln nach.

Den nächsten Tag verbringen wir draußen in den Feldern und im Stall, und weil es in der Nacht geregnet hat, sehen wir abends aus, als hätten wir in einer Pfütze gebadet.

»Ab mit euch unter die Dusche«, sagt Christa und dann: »Oder wollt ihr ein Bad nehmen?«

Im Wohnheim teilen sich siebzehn Familien einen Duschraum. Aus amerikanischen Filmen, der einzigen Informationsquelle über den Westen, wissen wir, wie ein Schaumbad aussieht. Als würde man in den Wolken liegen, als wäre der Schaum eine kuschelige Decke. Wunderschön weich.

Im Badezimmer stehen wir alle andächtig um Christa herum, als sie eine rote Flüssigkeit aus einer Flasche in die Wanne tröpfeln läßt. Während die Wanne allmählich volläuft, bleiben wir stehen und beobachten den aufsteigenden Schaum. Als wäre ich auf einmal in Hollywood gelandet.

Als ich endlich in der Badewanne sitze, klingelt das Telefon. Es sind unsere Eltern, die wissen wollen, wie es uns geht. Sie machen sich Sorgen, schließlich wissen sie nicht soviel über die große Farmerin und darüber, was ihre Kinder so machen. Sie sind alle zusammen zu einer Telefonzelle gelaufen, um uns anzurufen.

»Anja!« rufen mich die anderen. »Unsere Eltern rufen an!«

Ich stecke in einem Zwiespalt: Einerseits will ich unbedingt erzählen, wie toll alles hier auf der Farm ist, andererseits möchte ich dieses Schaumbad nie wieder verlassen. Die übersprudelnden Neuigkeiten siegen. Ich hüpfe aus der Badewanne, wickele mich in eines von diesen wunderbaren riesengroßen, weichen Handtüchern ein, die Christa für uns bereitgelegt hat, und renne, den Teppichboden naß tropfend, ins Wohnzimmer.

»Mama, Mama, ich komme gerade aus der Badewanne mit ganz viel Seife, so wie in dem amerikanischen Film, den wir gesehen haben, weißt du noch?« sprudelt es aus mir heraus. »So richtig viel Schaum! Und ich durfte Traktor fahren! Und gestern haben wir ganz viele Kartoffeln gegessen!« Die anderen Kinder reißen mir den Hörer aus der Hand, wir versuchen alle, gleichzeitig in den Hörer zu schreien, und Christa macht uns nach, bis wir so sehr lachen, daß keiner mehr etwas sagen kann. Unsere Eltern wissen immer noch nicht genau, was wir Kinder so treiben, aber sie merken auf jeden Fall: Es scheint uns gutzutun.

Ein paar Tage sind nach vier Tagen vorbei. Fast alle Wohnheimbewohner stehen draußen vor dem Zaun, als wir zurückkommen. Wir vier kleben an Christa fest und wollen sie nicht gehen lassen. Am nächsten Tag spielen wir »Bei Christa«.

Seit diesen Tagen ist Christa das Sonnenlicht, das in unser Wohnheim kommt. Sie kommt jeden Freitag und spricht erst mit den Asylanten, aber danach kommt sie in unsere Baracke. Wir Kinder ziehen sie jedes in sein Zimmer, und sie bekommt mindestens vier Abendessen an einem Abend. Manchmal nimmt sie uns für das ganze Wochenende mit auf den Bauernhof, manchmal macht sie einfach einen Ausflug mit uns. Wir packen jeden Freitagnachmittag unsere Sachen, in der Hoffnung, daß Christa uns auf den Bauernhof holen kommt, und hängen an der Straßenecke herum und warten auf ihren weißen VW. In unserer Straße stehen nur das Wohnheim und die leeren amerikanischen Kasernen, es biegt kaum mal ein Auto in diese Richtung ein. Wenn sie endlich kommt, schreien wir ganz laut: »Christa! Christa!« und laufen die letzten paar Meter bis zum Wohnheim glücklich hinter ihrem Auto her.

Zweiundzwanzig

Mein Pferd heißt Mona. Sie ist mein Pflegepferd und wunderschön. Mona gehört dem Fuchshof, einem Reitstall, der in der Nähe meiner Grundschule ist. Sie ist dunkelbraun und hat einen schwarzen Schweif. Ich muß Mona pflegen, sie striegeln und ihren Stall sauberhalten, dafür darf ich sie umsonst reiten. Nach einer Weile bin ich richtig gut darin.

In der Nähe unseres Wohnheims ist die sogenannte Jugendfarm, eine Reitschule für Kinder. Von unserem Hof aus können wir reitende Kinder sehen, und am Tag der offenen Tür dürfen wir die Pferde streicheln und füttern. Meine Schulfreundinnen nehmen Reitstunden auf der Jugendfarm. Eine von ihnen hat ein Pflegepferd dort. Ich gehe lieber zum Fuchshof, wo Mona lebt.

Meistens fahre ich abends mit dem Fahrrad hin, wenn meine Eltern wieder von ihrem Sprachkurs zurück sind und die ganze Familie sich in unser kleines Zimmer drängt. Den anderen Kindern im Wohnheim erzähle ich lieber nicht von Mona. Die Verantwortlichen vom Fuchshof können es nicht leiden, wenn zu viele in den

Ställen herumwuseln. Nicht einmal Ilja, der ja mein bester Freund ist, weiß etwas von meiner Mona.

Für mich ist Mona das wunderschönste Pferd auf der Welt, viel schöner als die Pferde auf der Jugendfarm.

Mona ist eine Betonröhre auf unserem Schulhof.

Dreiundzwanzig

Meine Mutter macht eine Umschulung von einer Ingenieurin zu einer Buchhalterin. Eine abstufende Umschulung also. Aber sie ist über Fünfzig, und im Arbeitsamt sagten die Beamten zu ihr, als Buchhalterin habe sie mehr Chancen auf einen Job. Meine Mutter ist die Beste in ihrem Kurs. Wenn sie nach Hause kommt, regt sie sich über ihre Mitschüler auf, die kein Bruchrechnen können und vor jeder Klausur fast weinen. Meine Mutter ist kein Genie, aber Mathematik war in Rußland das wichtigste Schulfach. Abends macht sie Hausaufgaben, sie setzt sich in unserem Wohnheimzimmer an den Tisch, der gleichzeitig als Eß-, Schreib- und Aufbewahrungstisch herhalten muß, und rechnet, fleißiger als ich in meiner vierten Klasse. Ich finde es witzig.

Meine Mutter schreibt eifrig in ihre Hefte. Die Hefte stammen noch aus Rußland, wo es nur eine Art von Heften gab, quadratisch, irgendwo zwischen DIN A4 und DIN A5, und immer salatgrünfarben.

Am Ende des Kurses, die Abschlußprüfungen sind vorbei, meine Mutter hat eine Eins, kommt ein Lehrer auf sie zu und sagt: »Sie sind eine intelligente Frau, und es hat Spaß gemacht, Sie in der Klasse zu haben. Und ich habe eine Frage an Sie, die mich schon seit Monaten beschäftigt. Wir haben hier viel aufgeschrieben und gerechnet und viele Hefte verbraucht, und Sie haben immer diese komischen russischen Hefte mitgebracht, die Ihnen nicht auszugehen scheinen. Und da habe ich mich gefragt: Was würde ich mitnehmen, wenn ich auswandern müßte? Ich würde meine Lieblingsbücher mitnehmen und Fotos und Kleidung für alle Jahreszeiten. Aber wie kommt man darauf, leere Schulhefte mitzunehmen?«

Gute Frage. Was nimmt man mit, wenn man aus Rußland nach Deutschland auswandert? Was nimmt man mit, wenn man in ein Land auswandert, in dem man niemals vorher gewesen ist, wenn man niemanden kennt, der es jemals gesehen hat? Wir gehörten zur ersten Welle der Auswanderer. Es gab Gerüchte. Handtücher und Hefte sind in Deutschland besonders teuer. Ein Heft kostet einen russischen Monatslohn. Als wir in Deutschland ankamen, ist uns schnell klargeworden, daß die meisten Sachen mehrere russische Jahreslöhne kosten.

Wir haben in Rußland gehört, daß ein Heft einen ganzen russischen Monatslohn kostet, da haben wir vorsichtshalber welche mitgenommen. Wie hoch ein deutscher Monatslohn ist, hat keiner gesagt.

Vierundzwanzig

»Es war ein wunderschöner Nachmittag mit dir«, sagt Ilja zum Abschied und gibt mir einen Kuß auf die Wange. »Wunderschön«, flüstert er noch mal, während seine Wange meine streift, ich rieche sein Aftershave.

Ich schaue hoch zu ihm, will ihm eigentlich in die Augen sehen, aber die Sonne scheint mir direkt ins Gesicht, und ich muß blinzeln.

»Ich fand es auch sehr schön«, antworte ich und kneife die Augen zusammen.

»Das sollten wir unbedingt mal wieder machen«, sagt Ilja. Wir haben uns zum zweitenmal getroffen und drei Stunden am Stück durchgequatscht.

Er schaut auf die Uhr. »Ich muß los«, sagt er und bleibt dann doch stehen, schaut mir direkt in die Augen. »Mit dir verfliegt die Zeit immer so schnell.«

Ich schaue ihn an, versuche, nicht zu blinzeln.

»Ich muß jetzt wirklich los«, sagt Ilja noch einmal, dreht sich um, schließt sein Fahrrad auf.

»Ich auch«, antworte ich, obwohl ich nichts Bestimmtes vorhabe, und frage dann, um den Augenblick hinauszuzögern: »Wohin mußt du denn so dringend?«

»Zu meiner Freundin«, sagt Ilja. Er schwingt sich auf sein Fahrrad, schaut mir direkt in die Augen und grinst: »Wir haben uns gestern gestritten, und nun will ich sie abholen und ihr noch eine Blume mitbringen.« Er lächelt, während er das sagt, so wie er den ganzen Nachmittag gelächelt hat, dann winkt er mir noch einmal zu, wendet und ruft schon im Wegfahren: »Bis bald! Ich ruf dich an!«

Ich bleibe stehen.

»Zu meiner Freundin«, hatte er gesagt.

Zuerst war Ilja mein bester Freund gewesen. Mein allerbester Freund. Wir lernten uns im Wohnheim kennen, er war ein Jahr älter als ich. Wir lernten zusammen Deutsch, fuhren zusammen zur Schule, machten zusammen Hausaufgaben und spielten danach zusammen im Hof des Wohnheims, in der Bibliothek liehen wir uns die gleichen Bücher aus, und wenn wir die Streitereien und die Stimmung im Wohnheim nicht mehr aushielten, machten wir zusammen ausgedehnte Fahrradausflüge. Wenn wir weit genug entfernt waren vom Wohnheim, stiegen wir von den Rädern ab, legten uns ins Gras und malten uns aus, wie unser Leben später mal sein sollte. Ilja wollte Pilot werden und die ganze Welt bereisen. Nach einem halben Jahr in Deutschland fingen wir an, deutsch miteinander zu sprechen, das unterschied uns von allen anderen im Wohnheim und schweißte uns noch enger zusammen.

Als ich zwölf war und Ilja dreizehn, bekam ich meinen ersten Kuß von ihm. Christa war schuld daran. Wir waren zu fünft für ein Wochenende bei ihr, und als Ilja und ich von einem Spaziergang mit dem Hund zurückkamen, zog sie uns auf: »Na, was ist denn mit euch los? Ihr seid ja nur noch zu zweit zu sehen. Seid ihr verliebt?«

Ilja und ich schauten uns an. »Was ist verliebt?« fragte ich. Wir kannten beide das deutsche Wort nicht.

»Verliebt ist, wenn man nur noch zu zweit sein will, so wie ihr beide. Und wenn man sich küßt«, erklärte Christa.

Das gefiel den anderen drei Kindern, die jünger waren als wir. »Anja und Ilja sind verliebt!« kicherten sie einen Tag lang und versprachen uns beiden ein Eis, wenn wir uns küssen würden. Ilja und ich waren käuflich.

Nach dem Kuß mieden wir einander. Ich weiß nicht mehr, wer damit angefangen hat, aber der Kuß war uns beiden peinlich. Die anderen Kinder erzählten es dem ganzen Wohnheim, und in der Küche wurde ich ob meines angeblichen Liebeskummers von den Erwachsenen bemitleidet. Ich fuhr alleine mit dem Fahrrad durch die Gegend und vermißte Ilja, der mir normalerweise bei den Deutschhausaufgaben half. Wenn wir uns im Wohnheimflur begegneten, nickten wir einander nur zu.

Es dauerte zwei Wochen, bis wir über den Kuß hinwegkamen. Ich paßte auf einen kleinen Jungen aus dem Wohnheim auf, während seine Eltern bei einem Deutschkurs waren, und spielte draußen Ball mit ihm. Als Ilja aus der Schule kam und an uns Richtung Baracke vorbeilief, warf der kleine Junge den Ball zu ihm und fragte, ob er nicht mitspielen wolle. Ilja zögerte kurz, dann ließ er seinen Rucksack auf den Boden fallen und schnappte sich den Ball. Beim Spielen fragte er mich dann, ob wir nicht Fahrrad fahren wollten. Die Welt war wieder in Ordnung, den Kuß erwähnten wir nicht.

Sein Vater war der erste, der einen Job fand. Sie zogen nach Stuttgart, vierzehn Kilometer weit weg, damals eine scheinbar unüberwindbare Distanz. Telefonieren konnten wir nicht, im Wohnheim gab es kein Telefon. Seine Eltern wollten das Wohnheim so schnell wie möglich vergessen und kamen nicht mehr zurück, Ilja und ich verloren uns aus den Augen.

Als wir uns wiedersahen, war ich fünfzehn Jahre alt. Christa war schuld. Ich hatte nie den Kontakt zu ihr verloren, sie kam mich in regelmäßigen Abständen besuchen, und einmal schlug sie vor, alle Wohnheimkinder anzurufen und etwas gemeinsam zu unternehmen, um der alten Zeiten willen. Es war Winter, und wir wollten Schlitten fahren.

Ilja war mit seinen dunklen Augen und süßen schwarzen Locken auch als Kind hübsch gewesen, etwas zu schlaksig vielleicht. Als sechzehnjähriger Teenager war er ein absoluter Mädchenschwarm. Ich hatte Angst gehabt, daß wir uns nichts mehr zu sagen haben, daß es komisch sein würde, meinen ehemals besten Freund wiederzusehen, aber wir verstanden uns auf Anhieb. Er sprach inzwischen einwandfrei Deutsch, genauso wie ich hatte er sich zu einem deutschen Jugendlichen entwickelt, der die mittlerweile fernen Erinnerungen an das Wohnheim und Rußland irgendwo tief in sich vergraben hatte. Wir tauschten Telefonnummern aus. Ilja rief nicht an.

Ich rief ihn auch nicht an. Dafür rief ich Christa an, um ihr zu sagen, daß ich den Nachmittag beim Schlittenfahren sehr nett fand, daß wir so etwas gerne mal wiederholen könnten. Christa war immer noch für jeden Spaß zu haben. »Ist es wegen Ilja? Findest du ihn süß?« fragte sie.

Zwei Wochen später lud sie uns alle zu sich ein. Wir aßen Fondue und spielten Uno wie in alten Zeiten. Auf dem Weg nach Hause sprachen wir über einen Kinofilm, und Ilja fragte mich, ob ich ihn nicht gerne mit ihm zusammen sehen würde.

Ich hatte meinen besten Freund wieder. Wir sahen uns mehrmals die Woche. Einmal brachte Ilja sein Fahrrad mit nach Ludwigsburg, und wir fuhren durch dieselben Felder, durch die wir immer vom Wohnheim aus gefahren waren, um alles zu vergessen. Aus den Flohmarktfahrrädern waren inzwischen teure Mountain-Bikes geworden, und die Strecke von damals kam uns erstaunlich kurz vor. Wir gingen auf Partys und tanzten zusammen, alle meine Freundinnen fanden Ilja »so süß«, aber er sprach immer öfter davon, wie froh er sei, seine beste Freundin wiederzuhaben. Auf einer Party knutschte er mit einem Mädchen aus seiner Klasse herum, und ich weinte danach die ganze Nacht.

Ilja war ein toller, aber ein unzuverlässiger bester Freund. Nach einem schönen gemeinsamen Tag konnte er mich ganz fest umarmen, mir sagen, daß er mich vermissen würde und mich morgen anrufe, um sich dann zwei Wochen lang nicht zu melden. Ich litt darunter. Noch mehr litt ich unter seinen ständigen Beteuerungen, was für gute Freunde wir doch seien. Er flirtete mit mir, was aber nichts bedeutete, weil er mit allen flirtete. Wenn er getrunken hatte, umarmte er mich oft und nahm meine Hand, aber am nächsten Tag waren wir wieder platonische beste Freunde. Ein paarmal wollte er mich mit seinen Freunden verkuppeln. Meine Freundinnen sagten, ich solle mir jemand anderen suchen, er sei es nicht wert, aber ich saß weiterhin vor dem Telefon und wartete darauf, daß Ilja mich sehen wollte.

In den Sommerferien trampte er durch Großbritannien. Ich bekam eine Karte von ihm, auf der stand, daß er mich vermißte und es mir dort gefallen würde, ich hängte sie über mein Bett. Eine Woche später kam ein Brief von ihm, dem er eine kleine Muschel beigelegt hatte, außerdem ein Polaroid-Foto, das ihn zusammen mit einem blonden Mädchen am Strand zeigte. Auf der Rückseite stand: »Das ist Lauren, und ich habe sehr viel Spaß mit ihr!« Er hatte ein Smiley daneben gemalt. In jenem Sommer hatte ich zum erstenmal Sex, mit einem Jungen, der mich weitaus mehr mochte als ich ihn. Ich wollte Ilja damit verletzen, aber hinterher ging es mir noch schlechter.

Als Ilja zurückkam, nahm ich meinen ganzen Mut zusammen und fragte ihn, ob er sich vorstellen könnte, daß wir uns ineinander verlieben. Er antwortete, er habe noch nie darüber nachgedacht. Er holte es wohl in den nächsten Tagen nach, denn innerhalb der nächsten Woche lud er mich einmal ins Theater, einmal zum Essen und einmal ins Kino ein, und am darauffolgenden Wochenende überraschte er mich mit einem Picknick. Wir küßten uns zum erstenmal auf der Wiese vor einem See. Es war ein langer, zärtlicher Kuß, und auf dem Rückweg war ich so benommen und glücklich, daß ich mich in die falsche S-Bahn setzte.

Wir waren so verliebt, wie man das nur mit sechzehn sein kann. Meine Mutter belächelte mich, seufzte und dachte viel an ihre Jugend, aber selbst das ließ mich kalt. Ilja brachte mir Blumen mit und mich zum Lachen. Er schenkte mir selbstgebastelte romantische Geschenke und eine Kette mit einem grünen Herz als Anhänger zum Geburtstag. »Passend zu deinen schönen grünen Augen«, sagte er, und ich nahm die Kette nicht mehr ab. Eines Nachts warf er Steinchen an mein

Fenster, und als ich aufgeregt und besorgt herunterschlich, sagte er, er habe mich so sehr vermißt, daß er es nicht mehr bis zum nächsten Morgen ausgehalten habe. Mit ihm war der Sex schön.

Die Verliebtheit dauerte fünf Monate an. Danach blieben wir noch weitere zwei Jahre zusammen. Ilja flirtete wieder mit jedem Mädchen herum und rief mich tagelang nicht an. Er vergaß unsere Verabredungen, entschuldigte sich dann aber mit selbstgekochtem Essen dafür, das er romantisch in Herzform auf den Tellern anrichtete. Einmal erwischte ich ihn dabei, wie er ein anderes Mädchen küßte. Mehrmals trennten wir uns und beschlossen, beste Freunde zu bleiben. Mehrmals landeten wir ein paar Tage später wieder im Bett, und ich war für kurze Zeit wieder glücklich. »Er ist nicht gut für dich«, sagten meine Freundinnen, aber ich reagierte nicht.

Ich reagierte erst, als er mir ein paar Tage vor unserem gemeinsamen Urlaub mitteilte, daß er diesen leider abblasen müsse, weil sich für ihn die Möglichkeit ergeben habe, mit einem Bekannten durch den südamerikanischen Regenwald zu reisen. Ich hatte den schlimmsten Liebeskummer meines Lebens, war aber diesmal so verletzt, daß ich nicht zurück zu ihm ging. Danach verloren wir uns wieder aus den Augen.

Fünfundzwanzig

Ich spreche mit Lara darüber. Wir sitzen auf dem Teppich in ihrem Zimmer und essen Schokoladeneis. Laras Teppich ist weiß, und ich hoffe, daß mein Eis nicht tropft. Ihr Zimmer ist immer so sauber und aufgeräumt, daß es mir manchmal angst macht. Die Zeitschriften auf dem Tisch liegen so säuberlich aufeinandergestapelt, daß ich mich frage, ob sie vielleicht alphabetisch sortiert sind, so wie ihre CDs und Bücher. So viel Ordentlichkeit kann doch nicht gesund sein.

»Was hat er denn so erzählt?« fragt Lara.

»Nichts Besonderes, was er so gemacht hat die letzten Jahre. Er ist ganz schön viel herumgekommen, hat eine Weltreise gemacht, ein Jahr lang in Paris gelebt, ein Jahr lang in Neuseeland«, erzähle ich.

»Klingt nach einer unruhigen Natur«, sagt Lara.

»Das ist Ilja auch.« Ich denke an unsere Beziehung zurück und an seine ständige Angst, etwas zu verpassen.

»Er ist einer, der alles will und alles kriegt, was er will«, erkläre ich Lara.

»Na, dann paß auf, daß er dich nicht kriegt«, kontert sie.

»Das tut er nicht«, antworte ich, etwas zu schnell und etwas zu laut.

»Was ist so toll an ihm? Was hat er, was Jan nicht hat?«

»Er ... er ist einfach so aufregend. Ich habe Herzklopfen, wenn ich ihn sehe. Mit Jan ist alles schön, aber so ... absehbar schön«, erkläre ich.

»Aber das wissen wir doch, daß in einer langen richtigen Beziehung das Herzklopfen fehlt«, sagt Lara.

»Ja, theoretisch. Aber jetzt mit Ilja ist das Problem so real«, antworte ich. In diesem Moment klingelt mein Handy.

»Schönen Gruß an deine Mutter«, sagt Lara.

»Ich muß abnehmen, ich habe sie vorhin schon einmal weggedrückt«, erkläre ich.

»Warum hast du meinen Anruf abgewiesen?« fragt meine Mutter, sobald ich »hallo« sage.

»Ich saß in einem Café und war mitten im Gespräch.«

»Mit wem?«

Ich verdrehe die Augen Richtung Lara. »Mit Ilja.«

»Und warum gehst du nicht ans Telefon, wenn du mit Ilja zusammen bist, aber nimmst immer ab, wenn Jan bei dir ist?«

Erstens, Mama, wenn du wüßtest, wie oft Jan und ich das Telefon klingeln lassen und nur so tun, als ob wir nicht zu Hause seien! Zweitens wüßte ich die Antwort auf deine Frage auch gerne.

Laut sage ich: »Es wäre einfach unhöflich gewesen.«

»Du kannst mit mir über alles reden«, sagt meine Mutter.

»Es gibt nichts, worüber ich reden könnte. Wir haben einen Kaffee getrunken.«

»Und was hat Ilja so gesagt?«

»Er meinte, ich könnte vielleicht einen Job in diesem russischen Reisebüro haben, in dem er auch arbeitet. Ihr habt doch damals diese Stadtführung mitgemacht.«

»Und wirst du dich bewerben?«

»Ich denke schon. Mama, laß uns ein andermal darüber reden. Ich bin gerade bei Lara. Was wolltest du denn?«

»Brauche ich einen Grund, um meine Tochter anzurufen?«

»Nein, natürlich nicht.«

Ich winke Lara zu, sie könne sich wieder dem Buch widmen, das sie gelesen hat, als ich kam. Das wird ein längeres Gespräch.

Sechsundzwanzig

Draußen regnet es. Ich sehe aus dem Fenster in die Dunkelheit, der Regen fällt schräg vom Himmel, er klopft gegen das Fenster und prallt unten vom Boden ab. Ich bin froh, daß ich bei diesem Wetter nicht am Steuer eines Autos sitze. Es regnet bereits seit zwei Stunden und sieht nicht so aus, als ob es bald aufhören würde. Ein perfekter Moment, um mit warmer Decke, heißem Tee und Schokokeksen zu Hause zu sitzen. Ich sehe mein Fahrrad unten an eine Laterne gekettet, und alles in mir sperrt sich dagegen, hinunterzugehen, auf den klitschnassen Sattel zu steigen und die halbe Stunde nach Hause zu radeln. Aber es ist halb zwölf, und bald müßte ich los.

Ich bin bei Ilja. Er ist in der Küche und macht etwas zu essen für uns, weil ich Hunger habe. Er hatte mich gegen sieben angerufen, als ich gerade gemütlich in der Badewanne lag. Jan besucht einen Freund in Hannover, und ich hatte mich auf einen gemütlichen Abend vor dem Fernseher gefreut – unter einer warmen Decke, mit heißem Tee und Schokokeksen. Ich hatte mir ein Buch und ein Glas frisch gepreßten Orangensaft mit ins Bad genommen und ließ heißes Wasser in die Badewanne laufen, unter das ich meine Füße hielt, bis sie rot waren. Als das Handy klingelte, drehte ich den Wasserhahn zu. Heißer Dampf stieg bereits auf. Ich nehme immer sowohl mein Handy als auch unser Festnetztelefon mit ins Bad, in der Angst, einen Anruf zu verpassen, was Jan auf die Palme bringt. »Kannst du dich nicht einfach entspannen, wenn du schon ein Bad nimmst?« fragt er und schüttelt dabei den Kopf. Als ob er mein Vater wäre.

»Was machen wir gerade?« hatte Ilja gefragt. Seine Nummer war nicht angezeigt worden, und ich setzte mich überrascht auf, als ich seine Stimme hörte. Wasser spritzte aus der Badewanne auf den Boden und auf meinen Bademantel, den ich vor die Wanne gelegt hatte.

»Wir sitzen gerade in der Badewanne und lassen es uns gutgehen«, hatte ich geantwortet, viel zu freudig überrascht.

»Hmmm…«, hatte Ilja gemurmelt und mich damit zum Lächeln gebracht. Warum lächelte ich?

»Was hmmm?«, fragte ich.

»Du in der Badewanne, sonst nichts. Was machst du heute abend?« Flirten. Es freute mich.

»Nichts Besonderes. Einen ruhigen Abend.«

»Gut, wollte ich auch machen. Laß uns zusammen einen ruhigen Abend verbringen. Bei mir. Ich koche auch was für dich.« Ich hatte seit unserem letzten Treffen im Café nichts mehr von Ilja gehört. Er klang energisch, lebensfroh.

»Was ist denn mit deiner Freundin? Will sie nicht einen schönen ruhigen Abend mit dir verbringen und sich von dir bekochen lassen?« hatte ich gefragt. Ein bißchen Zeit schinden: Darf ich den Abend mit meinem Ex verbringen, wenn mein Freund wegfährt? Und dann natürlich die Neugierde, die Frage, die ich mir seit Tagen stelle: Wer, zum Teufel, ist deine Freundin?

»Nein, will sie nicht«, hatte Ilja geantwortet, sehr kurz, und mich überredet, zu ihm zu kommen. Da hatte es noch nicht geregnet. Mein schlechtes Gewissen Jan gegenüber hatte sich kurz gemeldet, aber schließlich freute Jan sich immer, wenn ich etwas mit anderen Leuten unternehme. Das schlechte Gewissen kam später noch einmal zurück und nervte, als ich mich schminkte, also schickte ich Jan eine SMS, in der ich ihm viel Spaß in Hannover wünschte, ihm sagte, daß ich ihn vermisse, und dann auch noch erwähnte, daß Ilja mich auf einen Snack eingeladen und ich die Einladung angenommen habe, da unser Kühlschrank leer sei. Smiley hintendran. Das mit dem Kühlschrank war gelogen. Nur damit er sich keine Sorgen macht, erklärte ich meinem schlechten Gewissen. Nur als Bestätigung der Wahrheit. Nachricht gesendet.

Nun stehe ich am Fenster und schaue in den Regen hinaus. Ich will da nicht raus, will bei diesem Wetter mitten in der Nacht nicht Fahrrad fahren, aber ich muß. Muß ich? Kann ich nicht hier schlafen? Sind wir nicht alle erwachsen? Kann ich nicht. Ilja ist mein Exfreund. Jan würde es nicht gefallen. Iljas Freundin würde es nicht gefallen.

Würde es mir gefallen? Es ist ja nur der Regen, ich werde naß, ich erkälte mich, es ist kalt, dunkel, eklig da draußen.

Die Tür geht auf, und Ilja kommt herein, mit einem riesigen Teller voll Nudeln in der Hand, mit viel Käse drauf, wie ich es mag. Der Tellerrand ist mit Kräutern geschmückt, und in der Mitte prangt ein aus Radieschen gelegtes A. Ilja ist ein Perfektionist, der das Schöne zu schätzen weiß. Zum Abendessen hatten wir Hähnchencurry gegessen, danach hatte Ilja uns einen Joint gedreht. Ich kriege vom Kiffen immer Hunger. Ilja stellt den Teller auf den Boden mitten ins Zimmer. Es ist eng hier, er lebt in einem Zwölf-Quadratmeter-WG-Zimmer, in das ein Schreibtisch samt Stuhl, ein Bett, ein Einbauschrank und sonst gar nichts mehr paßt.

»Ich habe uns noch was gedreht«, sagt er und klopft auf den Boden neben sich, ich soll mich setzen.

»Ich muß bald los«, erkläre ich und lasse mich neben ihn fallen. »Ich brauche sowieso eine halbe Stunde nach Hause, und bei dem Regen bestimmt noch länger.«

»Du kannst doch bei dem Wetter nicht fahren! Es schüttet in Strömen. Du hast nicht einmal eine Jacke mit.« Das stimmt. Ich habe keine Jacke mit, denke ich und frage mich, ob das eine Einladung war, über Nacht zu bleiben.

»Ich komme schon irgendwie nach Hause«, antworte ich.

Dabei will ich doch gar nicht hier schlafen.

»Du kannst ruhig hierbleiben«, sagt Ilja, den Joint, den er gerade anzünden will, zwischen den Zähnen. Er schaut mich dabei nicht an.

»Wo sollte ich denn schlafen? Du paßt hier ja alleine kaum rein.« Iljas Bett ist schmal, neunzig Zentimeter, da passen keine zwei Personen drauf. Keine zwei Personen, die nicht eng aneinandergekuschelt schlafen wollen.

»Ich habe einen Schlafsack, ich kann auf dem Boden schlafen. Und du kriegst das Bett«, sagt Ilja. Ilja, der Gentleman. Er schaut mich fragend an, zwinkert mir zu: »Was ist los? Hast du Angst vor mir? Ich verspreche dir hiermit hoch und heilig, dich nicht anzufassen. Ganz großes Ehrenwort.« Er lächelt mich an, schon wieder dieses Lächeln. Verschmitzt, charmant, herausfordernd. Ich lächle zurück, weil ich bei ihm immer zurücklächeln muß, es geht nicht anders.

Ich habe keine Angst. Keine Angst vor ihm. Vielleicht ein bißchen Angst vor dem schlechten Gewissen.

»Ich habe keine Angst«, sage ich laut, trotzig. »Aber was sagt deine Freundin dazu?«

Wie aufs Stichwort klingelt ein Handy. Meins. Es ist Jan, und ich gehe ran. Ich muß abnehmen, weil das schlechte Gewissen in der Nähe lauert und ich ihm beweisen will, daß es verschwinden kann.

»Hallo!« Ich stehe auf, gehe zum Fenster, drehe mich mit dem Rücken zu Ilja, damit er nicht alles mithört.

»Hallo! Na, wie geht's dir?«

»Mir geht's gut. Und selbst? Wie ist Hannover?«

»Du kennst ja Hannover. Aber es ist nett mit den Jungs. Ich wollte nur mal kurz hallo sagen und fragen, wie es dir geht.« Jan hört sich gutgelaunt an.

»Mir geht's gut«, sage ich und drehe mich kurz zu Ilja um. Er blättert in der Fernsehzeitung. »Ich bin immer noch bei Ilja. Wir haben sehr lecker gegessen und ein bißchen gekifft. Mit seinen Mitbewohnern.« Für den ersten Joint trifft das auch zu.

»Oh, gekifft! Hat es denn bei dir gewirkt?« Ich kiffe eigentlich nicht gerne. Es wirkt bei mir nicht. Ich kriege danach immer nur diesen immensen Hunger.

»Du kennst mich doch, ich habe Mordshunger bekommen. Wir wollten auch gerade Nudeln essen, mit Käse«, erzähle ich Jan.

»Na, dann will ich euch nicht länger beim Essen stören. Wollte ja auch nur kurz sagen, daß ich dich auch vermisse.«

»Gleichfalls«, flüstere ich und schaue zu Ilja, der immer noch in der Zeitschrift blättert. Der Regen klopft immer noch unverändert stark gegen das Fenster.

»Wie ist das Wetter bei euch?« frage ich Jan.

»Ganz okay, warum?«

»Hier regnet es ganz schlimm. So doll, daß das Wasser vom Boden wieder zurückspritzt, weißt du?« Ich weiß nicht, warum ich ihm das erzähle.

»Oh, bist du denn mit dem Rad unterwegs? Du Arme! Kannst du nicht einfach bei Ilja schlafen? Du brauchst doch bestimmt mit dem Rad eine Weile bis nach Hause!«

So einfach ist das also.

»Mal sehen. Ich brauche bestimmt eine halbe Stunde. Ilja hat auch vorgeschlagen, daß ich hierbleibe. Ich schaue mal, ob der Regen aufhört.«

»Okay. Ich wünsche euch auf jeden Fall noch einen schönen Abend! Ich denk an dich«, sagt Jan zum Abschied. Jan, liebevoll und fürsorglich, Jan, der mir vorschlägt, ich solle bei meinem Exfreund übernachten, damit ich nicht im Regen nach Hause radeln muß.

»Dir auch noch viel Spaß!« sage ich, will eigentlich noch ein »Ich liebe dich« hinzufügen, aber bis ich mir überlegt habe, ob ich das wirklich sagen soll, so mit Ilja, einen halben Meter entfernt von mir, hat Jan bereits aufgelegt. Das schlechte Gewissen meldet sich wieder, aber ich schiebe es weg. Jan steht nicht auf lange Liebeserklärungen, Jan hat gesagt, ich solle hier schlafen.

Ich setze mich zu Ilja auf den Boden, nehme mir eine Gabel, picke die Radieschen heraus. Radieschen sind mein Lieblingsgemüse, und ich frage mich, ob Ilja das noch weiß. Sie passen ja eigentlich nicht zu Nudeln.

»Alles in Ordnung mit euch?« fragt Ilja und reicht mir den Joint.

»Ja, klar. Was sollte denn nicht in Ordnung sein?« frage ich ihn und gleichzeitig mich selbst.

Ilja schaut mich an, grinst, er sitzt viel zu nah neben mir, und sagt: »Dann ist ja gut.«

»Ich glaube, ich würde dein Angebot doch gerne annehmen und hierbleiben. Bist du sicher, daß es dir nichts ausmacht, auf dem Boden zu schlafen?« sage ich nach einer Pause, in der ich meine ganze Aufmerksamkeit dem Essen gewidmet habe, um Ilja nicht mehr anschauen zu müssen.

»Mademoiselle, es ist mir eine Ehre, Sie zu beherbergen«, sagt Ilja, so charmant, wie nur er das kann, und ich lächle ihn an, weil es nicht anders geht, und antworte: »Sie sind so zuvorkommend, mein Herr, so zuvorkommend und charmant.«

Wir essen die Nudeln und rauchen den Joint zu Ende, reden ein bißchen und schweigen viel, und ich werde immer müder, so müde, daß alles egal ist. Das schlechte Gewissen ist auch müde, zumindest sagt es nichts mehr.

Ilja bietet mir einen Wein an, aber mir fallen die Augen zu, und ich lehne ab.

»Da muß, glaube ich, jemand ganz dringend ins Bett«, sagt er, steht auf, nimmt meine Hände und zieht mich hoch. Mir ist schwindelig, von der Müdigkeit und dem Joint, und Ilja zieht viel zu schnell, so daß ich schwanke und gegen ihn stolpere. Er fängt mich auf, mein Kopf reicht gerade mal bis zu seiner Brust, er ist fast einen Meter neunzig groß, und er riecht sehr gut. Ilja lacht, hebt meinen Kopf am Kinn an und fragt: »Bist du überhaupt noch am Leben?«

Ich nicke und weiß, daß ich jetzt selbst stehen kann, daß ich einen Schritt zurücktreten müßte, aber es fühlt sich gut an, und Ilja hält mich fest und schaut mich an, immer noch lachend, und seine Augen, seine braunen Augen, die so wunderbar leuchten, aber darüber denke ich erst gar nicht nach, sondern zwinge mich, den Schritt zurückzugehen.

»Ich bin einfach nur todmüde.«

Ilja bezieht das Bett frisch für mich, auch wenn ich protestiere, und bietet mir eins von seinen T-Shirts an. Während ich mich umziehe, bringt er den leeren Nudelteller in die Küche, Ilja, der Gentleman. Als er zurückkommt, liege ich bereits im Bett, unter der kuschelig warmen Decke, selbst zum Zähneputzen bin ich zu müde, dabei hat Ilja mir eine nagelneue, noch verpackte Zahnbürste angeboten. Ilja holt einen Schlafsack unter dem Bett hervor und zieht sich aus, ich starre an die Wand, die babyblau gestrichen ist, und erzähle ihm von unseren bunten Wänden, ich rede, um zu reden, um nicht zu Ilja zu schauen, der sich auszieht, und damit der Moment ja nicht romantisch wird.

Mit Ilja ist eigentlich alles romantisch.

»Ich glaube, du mußt ganz dringend schlafen. Du kannst ja nicht mal mehr richtig sprechen«, sagt Ilja, und ich denke, daß er recht hat, daß es gut ist, daß schlafen gut ist, schlafen und morgen früh aufstehen, mich aufs Fahrrad setzen, nach Hause fahren und abends dann Jan vom Bahnhof abholen, so wie es sich gehört. Schlafen also, aber Ilja setzt sich ans Bett, nah an meinem Kopf, und zieht die Decke zu meinen Schultern hoch.

»Ist es auch warm genug?« fragt er.

»Alles in bester Ordnung«, antworte ich. Und dann, ohne es vorher zu denken: »Nur ein Gutenachtkuß fehlt.« Ich weiß nicht, warum ich das sage, und da will ich es auch schon zurücknehmen, was nicht geht, und mein Herz klopft, und plötzlich bin ich hellwach.

»Den bekommst du selbstverständlich«, sagt Ilja, gar nicht überrascht, er gibt mir einen Kuß auf die Wange, ganz schnell.

»Sogar zwei«, fügt er hinzu, sein Gesicht ist immer noch über meins gebeugt, ich liege auf der Seite, halte die Augen zu. Er gibt mir noch einen Kuß, ganz freundschaftlich, wieder auf die Wange.

Das schlechte Gewissen sitzt auf der anderen Seite vom Bett.

Ich ignoriere es und sage: »Auch noch einen dritten? Kriege ich noch einen dritten?«

»Klar«, sagt Ilja, und seine Stimme klingt ganz normal, während meine bestimmt zittert, er hört sich genauso an wie den ganzen Abend, selbstsicher und charmant. Er gibt mir noch einen Kuß und fragt: »Noch einer gefällig?« Ich nicke, so gut das im Liegen geht, ich will nichts mehr sagen, weil ich mir selbst nicht mehr traue, und Ilja gibt mir noch einen Kuß auf die Wange, und ich weiß, ich müßte mich nur umdrehen, damit er mich richtig küßt, auf den Mund.

Ich drehe mich nicht um.

Ich bleibe liegen, und nach einer Weile steht Ilja auf, legt sich in seinen Schlafsack und wünscht mir eine gute Nacht. »Du bist ja schon ganz lange am Einschlafen. Schlaf gut und träum was Schönes«, sagt er. Ruhig, selbstbewußt. So als ob nichts sei.

Aber ich bin jetzt wach, hellwach, und denke nach. Über Jan, der in einer Kneipe in Hannover sitzt und bestimmt an mich denkt, über Ilja, der irgendwo neben dem Bett liegt, so nah, daß ich nur die Hand ausstrekken müßte, um ihn zu berühren – wozu? –, und über mich, die ich mich nicht umgedreht habe. Ich wende mich hin und her und kann nicht einschlafen, ich mache mir Sorgen um mich und meine Gefühle. Das schlechte Gewissen sitzt neben mir und schläft ebenfalls nicht ein.

Dann erinnere ich mich an den Joint, und mir wird alles klar: Es war nur das Kiffen, mehr nicht. Es war nur das Kiffen, erkläre ich dem schlechten Gewissen.

Wir schlafen beide ein.

Siebenundzwanzig

Ich sitze beim Zahnarzt und habe Angst. Er selbst ist noch nicht einmal im Behandlungszimmer, und seine Assistentin hat mir gerade erst den Papierlatz umgebunden, aber ich habe trotzdem schon mal Angst. Es ist ein neuer Zahnarzt, ich bin vorher noch nie in dieser Praxis gewesen. Ich wechsle meine Zahnärzte nach jedem Besuch, weil ich immer alle weiteren Behandlungstermine so oft absage, bis ich mich nicht mehr traue hinzugehen. Jetzt tut mir bereits seit zwei Wochen ein Backenzahn immer wieder weh, und ich habe mir diesen neuen Zahnarzt im Telefonbuch gesucht, auf dessen Behandlungsstuhl ich nun sitze.

Der Arzt stellt sich als nett, jung und vorsichtig heraus. Er untersucht mein Gebiß, murmelt etwas von »oben hinten links« in Richtung seiner Assistentin, und ich mache mich gedanklich schon mal auf das Geräusch des Bohrers gefaßt, da sagt er: »Wir machen jetzt erst einmal ein Röntgenbild von Ihren Zähnen, dann sehen wir weiter.«

Röntgen ist gut. Alles, was keine bohrerähnlichen Geräusche macht, ist gut. Solange ich dieses hirntötende Kreischen nicht höre, bleibe ich ruhig in der Praxis.

Später hält der Zahnarzt mein Röntgenbild in der Hand, dreht es um und schaut mich fragend an.

»Ihnen fehlen da vier Zähne.«

»Ja, ich weiß.« Kann ich jetzt gehen?

»Wieso?«

»Die wurden mir gezogen, als ich elf war.« Ich müßte jetzt wirklich gehen. Und mein Backenzahn tut auch gar nicht mehr weh.

»Mit elf? Ja, aber warum? Da müssen die Zähne doch noch gesund gewesen sein?«

»Der Arzt meinte, es müsse sein. Dann hatte ich eine Spange, damit sich die anderen Zähne zusammenschieben und die Löcher nicht mehr zu sehen sind.« Es ist eine lange Geschichte, die ich gerne erzählen würde, säße ich nicht in diesem komischen Stuhl und würde mich nicht dieser scheußliche Zahnarztgeruch umgeben.

Der Arzt schaut mich noch einmal fragend an, und ich glaube, Wut in diesen blauen Augen zu entdecken, blinde Wut, die er gleich mit Hilfe des Bohrers an mir auslassen wird. Aber er lächelt nur, sagt mir, daß ich ein Loch im Backenzahn habe (das habe ich befürchtet), daß er bohren müsse.

»Es ist ein größeres Loch, wir müßten Ihnen also eine Spritze geben. Wollen Sie es gleich machen lassen oder beim nächsten Mal?« Ich wäge kurz die Stärke der Zahnschmerzen gegen die Angst vor dem Bohrer ab und entscheide mich, das Behandlungszimmer so schnell wie möglich zu verlassen.

Draußen wartet Jan auf mich, der sich unter Protest von mir hat mitschleppen lassen. Der nette Arzt begleitet mich noch hinaus und gibt sowohl mir als auch Jan die Hand.

»Wissen Sie, daß Ihrer Freundin vier Zähne fehlen?« fragt er Jan, immer noch verwundert.

»Hast du erzählt, warum das so ist?« fragt Jan. Jan, der sich über diese Geschichte endlos aufregen kann:

Das Wohnheim geht zum Zahnarzt. Da keiner von uns jemals bei einem deutschen Zahnarzt gewesen ist, werden ganz viele Termine für denselben Tag ausgemacht, gemeinsam ist alles leichter. Fünf Familien machen sich auf den Weg zum Zahnarzt, zu Fuß natürlich. Mein Vater ist bei einem Spaziergang an dieser Zahnarztpraxis vorbeigekommen, sie wurde also zufällig ausgewählt. Die Praxis befindet sich in der Innenstadt, es ist ein einstündiger Spaziergang vom Wohnheim, sie ist in einem Privathaus untergebracht, Jugendstil, sehr fein, und als wir ankommen, stehen wir erst mal minutenlang im Foyer und bewundern die schöne Treppe und den Eingang. Neben dem Wohnheim, den Supermärkten und dem Sozialamt ist es das erste deutsche Haus, das wir betreten. Wir sind etwa sechs Kinder und zehn Erwachsene. Die Sprechstundenhilfe schaut uns alle erstaunt an, als wir hereinkommen, und wir schauen alle – auch die Erwachsenen – verängstigt zurück.

In Rußland bestanden Zahnarztpraxen aus riesigen Behandlungszimmern mit zwanzig, dreißig Stühlen darin, mehrere Zahnärzte liefen von einem Patienten zum anderen, hier passen wir sechzehn kaum ins Wartezimmer.

Als erster kommt mein Vater dran, er wird sehr freundlich hereingebeten, und wir alle sitzen angespannt im Wartezimmer, gleich wird er erzählen, wie es in einer deutschen Zahnarztpraxis zugeht. Im Wartezimmer liegen Zeitschriften, bunte Spielsachen und Kinderbücher, aber wir trauen uns nicht, sie anzufassen. Mein Vater kommt zurück und erzählt erstaunt, daß er ganz alleine im Behandlungszimmer gewesen sei, daß er sehr nett gefragt worden sei, ob er eine Spritze möchte, daß der Zahnarzt sehr nett und zuvorkommend gewesen sei.

Als ich hereinmuß, bin ich zwar ein Nervenbündel, verkneife mir jedoch die Tränen. Ich bin groß, mutig, stark. Von dem, was der Zahnarzt sagt, verstehe ich kein Wort, aber meine Mutter ist mit hereingekommen und spricht über irgend etwas mit ihm. Die Behandlung tut überhaupt nicht weh, der Zahnarzt lächelt mich an, und am Ende bekomme ich einen Kugelschreiber geschenkt. Ich bin groß, mutig, stark und überaus stolz auf mich.

Auf dem Rückweg erzählt meine Mutter, die am besten Deutsch spricht und für alle als Übersetzer fungiert hat, was der Zahnarzt gesagt hat. Es stellt sich heraus, daß bei vier von sechs Kindern – bei allen, die keine Milchzähne mehr haben – etwas mit dem gesamten Gebiß nicht stimmt. Was das genau ist, hat meine Mutter nicht so recht verstanden, schließlich hat der Zahnarzt sehr schnell gesprochen und das auch noch auf schwäbisch. Jedem Kind müßten vier Zähne gezogen werden, vier nagelneue Backenzähne. Mein Vater unterbricht sie, er scheint wütend zu sein und will wissen, was das denn solle, er habe noch nie in seinem Leben davon gehört, daß mit einem Kindergebiß etwas nicht stimme und einem Kind vier Zähne gezogen werden müßten. Die anderen Erwachsenen nicken zwar eifrig, sind aber mehrheitlich der Meinung, daß die Deutschen bestimmt besser wissen, wie man mit Zähnen umgeht, hier im Westen. Außerdem sei der Zahnarzt ja so nett und zuvorkommend gewesen, überhaupt habe er Behandlungszimmer für nur jeweils einen Patienten, der behandle sonst bestimmt nur reiche Menschen, das werde alles schon seinen Sinn haben. Meine Mutter, ganz begeistert vom Doktor, wischt auch das letzte Argument meines Vaters beiseite, es blieben doch vier Löcher fürs Leben. Der Zahnarzt habe erklärt, man müsse dann zu einem anderen Arzt gehen, einem sogenannten Kieferorthopäden. Er kenne auch einen guten, einen sehr guten sogar, und der kümmerte sich dann um die Löcher. Dort bekämen die Kinder alle eine Spange (was das ist, müssen wir später im Wörterbuch nachschauen), und dann verschwinden die Löcher. Ist das Leben in Deutschland nicht schön?

Die Zähne, einen von ihnen habe ich erst seit vier Monaten, werden an zwei Terminen gezogen. Am Ende bekomme ich sie sauber abgewaschen in einem Plastiktütchen mit nach Hause.

Zwei Wochen später sind vier Kinder in unserem Wohnheim jeweils vier ihrer Zähne los, »die echten«, sind wir nicht müde zu wiederholen, so stolz sind wir, wir haben die Zähne ausführlich miteinander verglichen, meine liegen in einer kleinen Schatulle zusammen mit meinem Schatz von zwei Mark.

Wir vier machen uns gemeinsam mit unseren Eltern auf den Weg zu dem so eindringlich empfohlenen Kieferorthopäden. Auch in seinem Wartezimmer sind Spielsachen, dafür ist er selbst aber nicht halb so nett und zuvorkommend wie der Zahnarzt. Natürlich sorge er dafür, daß die Löcher verschwinden, und selbstverständlich war es richtig, die Zähne ziehen zu lassen, erklärt er kurz angebunden meiner Mutter, die wieder mal für alle übersetzen muß. Wir bekommen einfach Zahnspangen, feste, für etwa vier Jahre, die schieben die restlichen Zähne zusammen, das Ganze bezahlt auch die Krankenkasse. Lediglich dreitausend Mark müßten wir hinzuzahlen.

Dreitausend Mark, schreit mein Vater ein paar Stunden später im Wohnheim, in unserem kleinen Zimmer, meine Mutter an. Dreitausend Mark? Mark? Das ist viel Geld, wenn man vor zwei Monaten aus Rußland gekommen ist. Unvorstellbar viel Geld.

Davon könne man in Petersburg als eine Großfamilie ein Jahr lang im Luxus leben, wirft meine Großmutter ein.

Aber der Arzt schiebt doch die Zähne wieder zusammen, erklärt meine Mutter, so läuft das eben hier.

Dreitausend Mark, ruft mein Vater noch einmal, eine der vielen Streitigkeiten, die ich mir in nächster Zeit werde anhören müssen – früher haben sich meine Eltern fast nie gestritten. Dreitausend Mark, dafür, daß Löcher verschwinden, die vorher nicht dagewesen sind. Löcher, da, wo vor ein paar Wochen nagelneue Zähne waren. Mein Vater sieht aus, als würde er gerne die Tür hinter sich zuknallen, aber wohin soll er schon gehen, hinter der Tür ist ein langer Flur mit Zimmern von fremden Menschen.

»Hast du dir wenigstens erklären lassen, wozu das Zähneziehen gut war?« will mein Vater wissen. Meine Mutter zuckt mit den Schultern, sie habe es versucht, aber der Arzt war nicht besonders freundlich, er hat sie nicht ausreden lassen, sie habe aber auch lange gebraucht mit dem Wörterbuch. Er wird schon recht gehabt haben.

Ich sitze am Tisch, male und tue so, als ob ich nicht zuhören würde. Natürlich höre ich doch zu. Ich höre, wie meine Mutter diesen Kieferorthopäden dafür entschuldigt, daß er unfreundlich war, und ahne noch nicht, wie oft ich mir so etwas werde anhören müssen. Wir sind schuld, wir sind an allem schuld, die Deutschen wissen es besser. Wir sind selbst schuld, wenn jemand unfreundlich zu uns ist. Schließlich sind wir Ausländer, wissen nicht, wie es in Deutschland zugeht, wir müssen dankbar sein. Es dauert lange, bis man sich Selbstbewußtsein aneignet in einem fremden Land.

Eine Woche später glänzt an meinen Zähnen, genauso wie an denen der anderen drei Kinder aus dem Wohnheim, eine feste Zahnspange. Anfangs tut sie weh, und ich brauche eine Weile, um mich daran zu gewöhnen, daß alle Nahrungsmittel, vor allem Äpfel, in ihr steckenbleiben, aber ich komme mir sehr deutsch, sehr cool damit vor. Daß ich damit schlicht und ergreifend häßlich aussehe, fällt mir noch nicht auf.

»So macht man wohl Geld hier«, sagt mein Vater, der sich immer noch nicht beruhigt hat, aber meine Mutter funkelt ihn böse an, und er verstummt.

Ich gehe Zähne putzen, weil mal wieder Essen in der Zahnspange steckengeblieben ist.

Jahre später schaue ich mir Kinderfotos an von der Kurz-vor-der-Spange-Zeit. Meine Zähne sehen wunderbar gerade aus.

Jan regt sich immer wieder darüber auf. »Verklagen sollte man sie, diese beiden Ärzte! Unerhört ist das!« wiederholt er immer wieder. »Du solltest die anderen Kinder und ihre Eltern zusammentrommeln, und ihr solltet diese Ärzte verklagen!« echauffiert er sich. Ich muß fast lachen. Denn ich weiß jetzt schon, was sie sagen würden: Wir sind selbst schuld, die Deutschen wissen es besser, wir sind nur Ausländer.

Mein Zahnarzt zwinkert mir zu: »Zumindest wissen Sie, wie sich Zähneziehen anfühlt. Ich wollte Sie ja vorhin nicht noch mehr erschrecken, aber wir müßten Ihnen auch noch die Weisheitszähne ziehen.«

Da nehme ich Jan an der Hand und ziehe ihn so schnell wie möglich aus der Praxis. Ich werde den nächsten Termin absagen, und den übernächsten ebenfalls, ich werde sie alle absagen, bis ich überzeugt bin, daß ich mich in dieser Praxis nicht mehr sehen lassen kann.

Achtundzwanzig

Mathematik ist mein Lieblingsfach. Das hat einerseits damit zu tun, daß ich gut mit Zahlen umgehen kann und Rechnen mir leichtfällt, aber der Hauptgrund dafür ist, daß die Mathestunden die einzigen sind, in denen ich verstehe, was wir gerade machen. Heimat- und Sachkunde, Deutsch und Religion, all die anderen Fächer, deren Namen ich entweder nicht kenne oder nicht aussprechen kann, kann ich nicht unterscheiden. Niemand hilft mir.

Eigentlich hätte ich in eine sogenannte Förderklasse kommen sollen. Ausländerkinder lernen Deutsch. Aber meine Mutter will, daß ich mich gleich integriere, sie hat sich lange mit der Schulleiterin unterhalten, die gleichzeitig auch meine Klassenlehrerin ist, Frau Kraus. Was sie genau besprochen haben, habe ich nicht verstanden, aber ich darf nun in eine echte deutsche vierte Klasse gehen. Nicht, daß mich das glücklich machen würde. Ich habe keinen richtigen Schulranzen, sondern nur einen Rucksack von meinem Bruder, ich habe kein buntes Federmäppchen zum Aufklappen, ich habe russische, für deutsche Verhältnisse unförmige Hefte und keine bunten Umschläge für sie, kein anderes Kind redet mit mir, und ich verstehe sowieso nichts. All die anderen Kinder aus dem Wohnheim sind in der Förderklasse, und in der großen Pause renne ich auf den Schulhof, um sie zu suchen.

Frau Kraus setzt mich an einen Mädchentisch. Sie stellt mich der Klasse nicht vor, erklärt nicht, woher ich komme, auch nicht, daß ich erst seit zwei Wochen in Deutschland lebe. Die Mädchen an meinem Tisch schauen neugierig zu mir herüber, und ich linse in ihre Hefte, um zu verstehen, welches Fach wir gerade haben. In der ersten Pause fallen die Mädchen über mich her, wollen wissen, wie ich heiße und wieso ich am Ende des Schuljahres in ihre Klasse komme, und stellen mir weitere tausend Fragen, die ich nicht verstehe. Ich brauche sehr lange für jede einzelne Antwort, und als sie merken, daß man sich mit mir nicht einfach unterhalten kann, wenden sie sich gelangweilt ab. In den darauffolgenden Pausen starre ich angestrengt auf meine Bücher, meine unförmigen Hefte verstecke ich im Rucksack und tue so, als ob es mir nichts ausmachen würde, alleine am Tisch zu sitzen. Wenn meine Mitschüler ihre Sachen packen, um das Klassenzimmer zu wechseln, folge ich ihnen. So finde ich nach und nach raus, daß Werkunterricht in einem anderen Raum stattfindet und dienstags und donnerstags jeweils in der letzten Stunde ist. In meinen Stundenplan schreibe ich neben die schwer entzifferbaren Namen Erklärungen, auf russisch. So steht neben Heimat- und Sachkunde »gelbe Hefte« und neben Religion »nur die Hälfte der Klasse«. In meinem Zeugnis, das keine Noten beinhaltet, weil ich nur drei Wochen vom Schuljahr mitbekomme, wird später zu lesen sein: »Anja äußert sich mündlich nicht und antwortet nur nach ausdrücklicher Aufforderung«, und: »Im Zahlenrechnen hat Anja keine Schwierigkeiten, eingekleidete Aufgaben versteht sie nicht immer.« Ich hasse jeden einzelnen Tag in der Schule.

Mittwochs haben wir Schwimmen. Da ich das Wort nicht kenne und es in Rußland außerdem keinen Schwimmunterricht gibt, habe ich selbstverständlich keine Schwimmsachen dabei. Bis wir am Schwimmbad sind, frage ich mich, wohin wir wohl laufen. Ein Mädchen versucht auf dem Weg dahin, sich mit mir zu unterhalten, und ich bin sehr glücklich.

»Hast du Geschwister?« fragt sie mich.

Ich starre sie fragend an, Geschwister ist ein langes, schwieriges Wort, das ich noch nie gehört habe.

»Ich verstehe nicht«, antworte ich, ein Satz, den ich mittlerweile richtig gut kann.

»Hast du einen Bruder oder eine Schwester?« erklärt das Mädchen, langsam, als würde sie mit einem Kleinkind sprechen. Ihre Freundinnen starren mich neugierig und ein bißchen gelangweilt an.

»Ja, ich habe Bruder«, sage ich. Ich finde, das ist ein guter Gesprächsanfang von mir, ein richtig langer Satz, aber die Freundinnen des netten Mädchens sind gelangweilt, sie lenken sie ab und vergessen mich. Ich bin verwirrt, habe ich etwas Falsches gesagt? Ich denke so lange über meine Antwort nach, bis mir auffällt, daß es »ein«, »eine« oder »einen Bruder« hätte heißen müssen.

Jahre später werde ich an diesen Augenblick zurückdenken. Bis dahin werde ich unzählige Male gefragt worden sein, wie ich so schnell und so gut Deutsch gelernt habe. Ich werde mit den Schultern zucken, weil ich es mir nicht mehr vorstellen kann, die Sprache nicht zu sprechen, nicht in ihr zu denken, Deutsch ist meine Muttersprache. Jahre später werde ich an diesen Augenblick zurückdenken, als ich mich so einsam gefühlt habe, als ich mich so sehr dafür geschämt habe, daß ich den Artikel vergessen habe. Ich werde daran zurückdenken und mir selbst sagen, daß das der Moment gewesen sein muß, an dem ich das erste Mal ein Gefühl für die deutsche Sprache entwickelte, als ich instinktiv spürte, daß an diesem Satz etwas nicht stimmt.

Im Schwimmbad sitze ich vollständig angezogen, aber barfuß, auf der Bank, schaue den anderen zu, wie sie ihre Bahnen im Becken ziehen und später noch Zeit zum Herumtoben bekommen. Ich traue mich nicht, zur Lehrerin zu blicken, so sehr schäme ich mich, daß ich keine Schwimmsachen dabeihabe.

Zu Hause sage ich meinen Eltern, ich werde nie mehr in diese doofe Schule gehen. Ich habe Heimweh, zum ersten Mal, ich will nach Petersburg, in meine Klasse, zu meinen Freunden, ich war gut in der Schule gewesen und Klassensprecherin, fast einstimmig gewählt.

Meine Mutter holt mich am nächsten Tag von der Schule ab und nervt Frau Kraus mit Fragen zu meinem Stundenplan. Die hat aber keine Zeit und auch nicht viel Lust, sich mit meiner Mutter, die ständig Nachfragen stellt, zu unterhalten.

Zu Hause heule ich wieder, ich will nicht in diese Schule, in der keiner mit mir redet und man ein tolles Federmäppchen besitzen muß, ich will nicht zu Frau Kraus, die mich keines Blickes würdigt, ich will nicht, will nicht, will nicht. Also geht meine Mutter noch einmal zur Schule, spricht mit Frau Kraus, die noch ungeduldiger wirkt, erklärt ihr, daß ich nichts verstehe, ob sie mir nicht mehr erklären, mir helfen könnte. Nein, sagt Frau Kraus, aber sie könne mich gerne in die Förderklasse stecken, das wäre der richtige Platz für mich, das habe sie von Anfang an gesagt.

»Nein«, antwortet meine Mutter, ich schaffe das schon.

Drei Wochen dauert die Quälerei, dann fangen die Sommerferien an. Die Klasse sammelt Geld für einen Blumenstrauß für Frau Kraus, wir sind in der vierten Klasse, und nach den Sommerferien wird keiner mehr in diese Grundschule kommen. Ich schon, ich soll die Vierte wiederholen. Dabei habe ich sie in Rußland schon gemacht. Ich sitze in der Pause wie immer an meinem Tisch, starre auf die Tafel, in die Bücher, aus dem Fenster, mir doch egal, was die anderen Kinder machen, ich muß nur noch eine Woche durchhalten, dann habe ich Ferien. Ferien, sechs Wochen lang. Eine Woche, das sind noch fünf Tage, also noch vierundzwanzig Schulstunden, das kriege ich hin, das schaffe ich irgendwie.

Ein Mädchen läuft durch die Klasse und sammelt von jedem zwei Mark für den Blumenstrauß ein. Ich beobachte sie aus den Augenwinkeln und weiß nicht genau, ob ich mir wünsche, daß sie mich auch fragt, oder ob es mir lieber wäre, sie würde mich übersehen. Zwei Mark sind viel Geld. Außerdem ist es mir ein Rätsel, wie ein Blumenstrauß fünfundzwanzig mal zwei Mark kosten kann.

»Wir wollen Blumen für Frau Kraus kaufen«, erklärt mir das Mädchen, als sie an meinem Tisch ankommt, sie spricht in diesem langsamen Singsang, der mich noch kleiner macht, der all das beinhaltet, was ich auch so schon fühle, weshalb ich abends heule, daß ich nicht mehr zur Schule will. Du bist klein, sagt diese langsame Melodie zwischen den Zeilen, klein und doof, du hast kein richtiges Mäppchen und keinen Schulranzen, und keiner mag dich hier, keiner wird dich jemals mögen, doof und klein bist du.

Ich nicke dem Mädchen zu. Seit Tagen wird in der Klasse über den Blumenstrauß geredet, ich habe das

Wort zu Hause nachgeschlagen, so langsam verstehe ich ungefähr, worum es in den Gesprächen um mich herum geht.

»Jeder von uns gibt zwei Mark«, erklärt das Mädchen langsam. »Zwei Mark, verstehst du?« Sie hält zwei Finger in die Luft, dann kramt sie noch in ihrem Geldbeutel und zeigt mir ein Zweimarkstück. Dabei habe ich schon längst genickt.

»Gibst du auch zwei Mark?« fragt sie mich, und ich nicke, wie ich an zwei Mark herankomme, darüber mache ich mir später Sorgen. Das Mädchen steht immer noch neben mir, schaut mich erwartungsvoll an. Ich starre sie an, fragend. Das einzige, was ich jetzt fragen könnte, wäre »was?«, aber das klingt unhöflich, so viel Gefühl habe ich für die Sprache schon entwikkelt, und so lächle ich sie nett an, sage in meinem Kopf auf russisch, daß ich bestimmt zwei Mark mitbringen werde, und hoffe, daß sie die Botschaft in meinem Gesicht lesen kann. Können Augen russische Sätze ins Deutsche übersetzen?

»Hast du zwei Mark?« fragt das Mädchen noch mal.

Ich bin verwundert. »Ja«, sage ich, so akzentfrei wie möglich. »Ich habe zwei Mark.« Ein einwandfreier, grammatikalisch richtiger deutscher Satz.

»Gibst du sie uns für den Blumenstrauß?« fragt sie.

»Ja«, antworte ich, laut, deutlich, akzentfrei.

Sie starrt mich erwartungsvoll an. Da kapiere ich. Sie will das Geld jetzt haben, aber ich habe überhaupt kein Geld bei mir, wer trägt schon zwei Mark mit sich herum.

»Morgen«, antworte ich und fühle mich noch kleiner als zuvor.

»Okay, morgen. Gib es mir vor der Schule auf dem Schulhof, weil wir dann den Blumenstrauß kaufen müssen«, sagt sie langsam und überdeutlich.

Das Mädchen ist nicht alleine vor meinem Tisch, neben ihr stehen mehrere Freundinnen, die die Szene beobachtet haben.

»Laß sie doch, sie wird morgen auch noch ihre komische Mutter anschleppen, wir haben auch so genug zusammen, das wird doch nur kompliziert«, sagt eine von ihnen.

Ich kann den Satz nicht übersetzen, aber ich weiß, daß sie meine Mutter komisch finden und mich auch, das Wort »kompliziert« werde ich nachschlagen müssen. Am liebsten würde ich gehen. Aufstehen und gehen, nach Hause, und weinen, die Tränen fließen lassen, die sich schon vor meinen Augen sammeln und hinauswollen.

»Okay. Wir brauchen die zwei Mark doch nicht. Du mußt morgen kein Geld mitbringen«, sagt also die eifrige Organisatorin zu mir. Sie will sich wegdrehen und weitergehen, aber nicht mit mir.

»Nein«, sage ich, so laut, daß auch andere Kinder aufschauen, meistens spreche ich ja nichts, und wenn, dann sehr leise. »Morgen, ich habe zwei Mark.«

Sie sind überrascht. Sie zucken mit den Schultern, sagen: »Na gut. Dann bring sie morgen mit. Aber morgen früh, vor dem Unterricht noch«, und ich weiß, ich werde ihnen das Geld bringen.

Meine Eltern möchte ich nicht fragen. Zwei Mark sind viel Geld. Ich selbst habe zwei Mark, die mir mein Vater gegeben hat, ich bewahre sie in einem kleinen Schmuckkästchen auf, das auf der Kommode steht. Ich hatte fest vor, das Geld zu sparen, aber nun hole ich die wertvolle Münze raus und bringe sie am nächsten Tag mit in die Schule. Ich sage mir, daß es eine gute Tat ist. Den Begriff »kompliziert« habe ich im Wörterbuch nicht gefunden, wahrscheinlich, weil ich nicht genau weiß, wie man ihn buchstabiert. Ich laufe alleine zur Schule, nicht wie sonst mit den anderen Kindern aus dem Wohnheim, denn ich will ganz früh da sein, nicht, daß die denken, ich hätte nicht verstanden, daß ich das Geld vor der Schule geben soll. Die eifrige Organisatorin nimmt das Zweimarkstück entgegen, sagt »danke« und wendet sich wieder ihren Freundinnen zu. Ich bleibe noch ein paar Sekunden neben ihnen stehen, dann drehe ich mich um und gehe zum Schultor, bald müßten die Wohnheimkinder kommen.

Es sind noch drei Tage bis zu den Ferien, aber ich erzähle meiner Mutter, daß die Lehrerin gesagt habe, ich müsse nicht mehr kommen. Meine Mutter zweifelt an meiner Geschichte, aber ich flehe sie so lange an, bis sie mich zu Hause bleiben läßt.

Ich finde es ein bißchen schade, daß ich den fünfzig Mark teuren Blumenstrauß nicht gesehen habe, aber vor allen Dingen bin ich glücklich. Ich wache auf, ohne mich klein zu fühlen, ich wache auf und weiß, daß ich nicht in die doofe Schule muß.

Neunundzwanzig

»Fahren Sie doch einfach mal mit Ilja nach Paris«, sagt die russische Reisebüroleiterin. Ilja hatte mich ihr empfohlen, und nun stelle ich mich vor. Ich hoffe, mein Russisch ist gut und akzentfrei genug, so, daß sie mich einstellt. Ich brauche Geld. »Bei dieser Reise sehen Sie, wie alles läuft, und wenn Sie zurück sind, können Sie mit den Stadtführungen durch München anfangen.« Ilja hat ein Jahr lang in Paris gelebt, kennt sich da aus und fährt einmal im Monat mit einer Reisegruppe als Stadtführer dorthin. Es sei gutes Geld, sagt er, außerdem habe er so die Möglichkeit, seine französischen Freunde oft zu sehen.

Ich erzähle Ilja später im Café von dem Vorschlag der Reiseleiterin, und er ist aufgeregt wie ein kleiner Junge an Weihnachten.

»Das ist ja toll! Abends, wenn die Führungen vorbei sind, zeige ich dir das wirkliche Paris. Das Paris hinter den Sehenswürdigkeiten. Und ich stelle dich meinen Freunden vor! Das wird super!« Er ist so begeistert, daß es mir fast ein bißchen angst macht. Ich möchte wissen, was seine Freundin wohl davon halten würde, daß wir zusammen nach Paris fahren, aber dann sage ich mir, wir sind beruflich unterwegs, ich soll einfach von ihm lernen, mit uns beiden hat das Ganze nichts zu tun.

»Als ich in Paris gelebt habe, habe ich oft an dich gedacht. Daran, wie sehr dir manche Straßen gefallen würden! Und nun kann ich dir endlich alles zeigen! Wahnsinn!« sagt Ilja. Er guckt mich ganz verträumt an. Einen Gedanken an seine Freundin kann ich in seinen Augen nicht entdecken.

Abends erzähle ich Jan von der bevorstehenden Fahrt. Ich fange damit an, daß ich jetzt einen Job in dem russischen Reisebüro habe, daß ich möglichst schnell möglichst viel über München lernen sollte, und lasse Paris nebenbei einfließen.

»Ich soll mir anschauen, wie das Ganze läuft, und die Leiterin des Reisebüros meinte, auf so einer Fahrt nach Paris würde ich am besten mitkriegen, was es so zu tun und zu beachten gibt.«

»Nach Paris? Mußt du was dafür zahlen?« fragt Jan.

»Nein. Zumindest hat sie nichts davon gesagt. Ilja wird der Führer in Paris sein. Er hat da doch eine Weile gelebt.« Ich schaue Jan in die Augen und lächle, er soll nicht denken, daß es wichtig für mich ist, daß Ilja diese Führung macht. Es ist ja auch nicht wichtig für mich.

Jan lächelt zurück. »Das ist ja nett! Ich hätte auch gerne einen Job, bei dem ich als Einführung für ein

Wochenende umsonst nach Paris darf!« Er lacht und nimmt über den Tisch hinweg meine Hand.

Später sitzen wir mit dem Wein im Wohnzimmer, wir haben eine Kerze angezündet, ich sitze auf der Couch und Jan auf dem Sessel, er hat seine Beine ausgestreckt und in meinen Schoß gelegt. Ich kitzele ihn an den Füßen, und er springt auf, er haßt es, gekitzelt zu werden. Ich stelle meinen Wein weg, und da ist auch Jan schon über mir und kitzelt mich, wir raufen auf der Couch, bis wir außer Atem sind, dann küssen wir uns. Ich habe die Fahrt nach Paris vergessen.

Dreißig

Der Bus nach Paris fährt um halb elf Uhr abends vom Busbahnhof ab. Wir werden also die ganze Nacht im Bus verbringen, den Tag über Sehenswürdigkeiten abklappern, eine Nacht in einem Hotel schlafen, noch einen Tag lang durch die Stadt spazieren, gegen Nachmittag nach Versailles fahren und uns abends zurück auf den Weg nach Deutschland machen.

Als ich Jan das Programm übersetzte, schaute er mich erstaunt an: »Dafür braucht man doch mindestens eine Woche! Wie schafft man das alles in zwei Tagen? Das steht man doch nach einer Nacht im Bus gar nicht durch!«

Meine Mutter, der ich das am Telefon erzähle, ist begeistert.

Meine Eltern haben eine ähnliche Parisreise schon mehrmals mitgemacht. »Du wirst so viel sehen! Du mußt unbedingt einen Fotoapparat mitnehmen! Soll ich dir unseren Reiseführer zuschicken?« fragt meine Mutter.

Ilja sagt, ich solle am besten schon um neun am Bahnhof sein, unsere Reisegruppe würde auch schon vor der Abfahrt da sein.

»Vor der Abfahrt?« frage ich. »Anderthalb Stunden vorher?« Jan hat ein wichtiges Essen mit seinem Chef am Abend, und ich will ihn unbedingt sehen, bevor ich fahre.

Ilja lacht. »Okay, Anja, ich glaube, ich muß dich mal aufklären. Du lebst dein deutsches Leben mit deinem deutschen Freund und deinen deutschen Freunden, und deine Familie ist für russische Verhältnisse sehr assimiliert. Die Reisegruppe wird anders sein. Das sind Russen, richtige Russen. Die benehmen sich anders, als du es gewohnt bist. Du mußt dich darauf einlassen, sonst wirst du dich die ganze Zeit ärgern.«

Vor meinen Augen erscheint eine lärmende Gruppe Menschen, denen man schon von weitem ansieht, daß sie aus Rußland stammen, sie schreien alle herum, Ilja und ich stehen in der Mitte, und sie ziehen von allen Seiten an uns, und mir fallen die russischen Begriffe nicht ein, um ihnen zu antworten.

»Inwiefern sind sie anders?« frage ich Ilja, während ich mit dem Telefonhörer am Ohr vor dem Schrank stehe und mir überlege, was ich mitnehme. Eigentlich reicht mir ein kleiner Rucksack für die zwei Tage, ich ziehe eine Jeans an und brauche nur ein paar Oberteile zum Wechseln, Wäsche und meine Kulturtasche. Außerdem nehme ich zwei Reiseführer mit: Meine Mutter hat sie mir geschickt, nachdem ich ihr gesagt hatte, daß ich keine brauche.

»Anja, was war die erste Reise, die deine Eltern von Deutschland aus gemacht haben?« fragt Ilja.

Ich denke nach. Meine Eltern machen so viele Reisen wie möglich. Dann fällt mir ein, daß mein Vater, noch während wir im Wohnheim gelebt haben, nach Paris wollte. Es gab damals allerdings noch längst nicht so etwas wie ein russisches Reisebüro. Mein Vater kaufte sich eine Hin- und Rückfahrt für einen Eurotours-Bus, er wollte nachts fahren, um sich das Übernachtungsgeld zu sparen. Meine Mutter sagte, wir fangen langsam an, wir können nicht alle auf einmal wegfahren, mein Vater solle sich erst einmal seinen Traum erfüllen und Paris sehen. Es war noch vor dem Schengener Abkommen, und an der Grenze zu Frankreich mußte mein Vater, der kein Visum hatte, weil im Wohnheim das Gerücht herumging, die Franzosen wären nicht allzu streng mit der Grenzkontrolle, den Bus verlassen und zurücktrampen.

»Paris«, antworte ich Ilja und erinnere ihn an das Erlebnis meines Vaters. Tagelang war es damals Gesprächsthema Nummer eins im Wohnheim.

Paris war für die erwachsenen Russen, was für uns Kinder Barbies und Jeans waren. Paris war Westen, Paris war die Stadt der großen Dichter und Maler. »Paris sehen und sterben«, wiederholte meine Großmutter endlos, bis wir alle zusammen mal nach Paris fuhren. Während wir dort waren, staunte meine Großmutter immer wieder, die Stadt sei ja genauso schön wie Sankt Petersburg oder Moskau. Nicht, weil sie arroganterweise dachte, es gäbe keine weiteren schönen Städte auf der Welt, sondern weil sie noch nie eine andere Großstadt kennengelernt hatte. In Rußland besaßen meine Eltern ein Buch über Paris, es stand nicht bei den anderen Büchern im Regal, sondern lag im Schrank hinter einer Glasvitrine, so daß es jeder sehen konnte.

»Paris ist doch auch für die Russen nicht mehr das, was es mal war«, erkläre ich Ilja.

»Die Reiseklientel besteht inzwischen weniger aus den hier lebenden Russen. Die meisten von ihnen haben Paris längst gesehen. Die, die mitfahren, besuchen hier Freunde und Verwandte, sie kommen aus Rußland, Israel, Amerika. Und waren alle noch nicht in Paris. Sie sind genauso euphorisch, wie unsere Eltern es damals im Wohnheim waren«, erklärt Ilja. »Du weißt doch, Paris sehen und sterben«, fügt er auf russisch hinzu. Es ist komisch, ihn Russisch sprechen zu hören.

»Du hast doch auch das gedrängte Programm gesehen. Sie müssen eben alles sehen, jede Kirche. Sie machen Fotos und rufen ihre Freunde und Verwandten an und fangen an, die Sehenswürdigkeiten aufzuzählen: Ich habe den Eiffelturm und die Champs-Élysées gesehen, und im Louvre war ich auch schon«, erklärt Ilja.

Ich kann es mir bildlich vorstellen. Plötzlich bin ich heilfroh, daß Ilja der Führer ist. Die Vorstellung, alleine zwischen all den russischen Russen zu sein, finde ich beängstigend.

»Das Programm klingt auch ziemlich anstrengend«, sage ich.

»Ist es auch. Aber es macht ihnen allen nichts. Sie gehen auf in Paris und wollen, egal wie müde oder anstrengend es ist, immer noch mehr sehen. Aber wir beide werden uns dann morgen einen schönen Abend machen mit gutem Essen und einfach nur spazierengehen. Ich will ja, daß du was von dem echten Paris hast. Die Sehenswürdigkeiten kennst du doch alle schon«, sagt Ilja.

Ich entscheide mich gegen den kleinen Rucksack und hole meine Reisetasche. Wenn wir uns einen schönen Abend machen, brauche ich auch schöne Klamotten. Ich packe das zweite Paar Turnschuhe wieder aus und lege statt dessen schöne Schuhe mit Absatz in die Tasche, außerdem einen kurzen Rock. Aber nicht den kürzesten, einen mittelkurzen. Es hat auch nichts mit Ilja zu tun, ich würde auch mit einer Freundin in Paris gut aussehen wollen. Dann lege ich noch meine schönste Unterwäsche hinzu. Nur so.

Ich komme um halb zehn am Bahnhof an. Jan habe ich nicht mehr gesehen, aber ich habe ihm einen Zettel hinterlassen, auf dem steht, daß ich ihn liebe und ihn vermissen werde. Er kam wohl ein paar Minuten, nachdem ich gegangen bin, nach Hause, denn als ich in der U-Bahn saß, bekam ich eine SMS, in der er sich für die liebe Nachricht bedankte und mir eine tolle Zeit in Paris wünschte.

Ich sehe Ilja nicht sofort. An der Haltestelle, von der unser Bus abfahren soll, stehen etwa dreißig Menschen, viele von ihnen sehen russisch aus, einige wirken so, als würden sie gerne möglichst westlich wirken. Ich glaube, das sind die amerikanischen Russen.

»Hallo, Anja«, höre ich Ilja rufen. Er spricht russisch mit mir.

»Hallo«, antworte ich, ebenfalls auf russisch. Ich habe das Gefühl, daß alle mich mustern. Was ist das denn für eine? Ich habe meine Haare zu einem Pferdeschwanz zusammengebunden, trage eine Jeans, ein leuchtend orangefarbenes Spaghettiträgertop, auf dem eine gelbe Sonne scheint, und passende orangefarbene Turnschuhe mit gelben Streifen. Geschminkt habe ich mich nicht, schließlich habe ich gleich eine Nacht im Bus vor mir. Für russische Verhältnisse sehe ich sehr unweiblich aus. Ich rede mir ein, daß ich mir nur einbilde, gemustert zu werden, und dränge mich zu Ilja durch. Er hat eine Liste der Reiseteilnehmer in der Hand und einen Packen von Reisebüroflyern, er sieht sehr wichtig aus. Er trägt auch Jeans, Turnschuhe und ein Poloshirt, wird aber trotzdem als Leitfigur akzeptiert. Vielleicht muß man als autoritärer Reiseleiter unrussisch aussehen.

»Das ist Anja, sie ist meine Assistentin«, sagt er in die Runde, nachdem er mich umarmt hat. Zwei pubertierend aussehende Mädchen, die bestimmt von ihren Eltern auf diese Fahrt mitgeschleppt werden, fangen an zu tuscheln. Ich glaube, sie finden Ilja süß und müssen sich darüber austauschen, ob ich wohl seine Freundin bin.

Um zehn sind alle Teilnehmer da. Der Bus kommt ein paar Minuten später, es gibt zwei Busfahrer, sie sind beide älter und sehr nett und genauso wie ich über das viele Gepäck der Reisegruppe erstaunt.

»Wieso nehmen die so viel mit?« flüstere ich Ilja zu. »Wir sind doch übermorgen wieder da.«

»Essen«, flüstert er zurück. »Auch ein paar Wasserkocher, um Tee im Hotel zu kochen.«

Ilja und ich sitzen auf dem Vordersitz und unterhalten uns mit den Fahrern. Die Frau, die hinter mir sitzt, beugt sich zu mir und bietet mir ein Schnitzelbrötchen an.

»Nein, danke«, antworte ich. »Das ist sehr nett von Ihnen, aber ich habe keinen Hunger.«

»Ich habe auch Eier, Kartoffelsalat, Gemüse, Käsebrote und eine Salami«, bietet mir die Frau an.

»Nein, danke. Ich habe wirklich keinen Hunger.«

»Ich habe Frikadellen, wollen Sie vielleicht etwas davon haben?« schaltet Ilja sich ein.

Sie tauschen Frikadelle gegen Schnitzel, außerdem bekommt Ilja noch zwei Tomaten von ihr. Genüßlich beißt er in sein Brötchen. Ich beobachte ihn.

»Man muß sich einfach darauf einlassen«, sagt er zufrieden.

»Und warum das viele Essen?« frage ich. Mir ist das Tütenauspacken, das in allen Teilen des Busses vonstatten geht, fast unheimlich.

»Warum nicht? Sie denken sich halt, von dem Geld, das sie sonst für Essen ausgeben würden, können sie sich genausogut eine zweite solche Reise leisten«, erklärt Ilja. »Wenn ich ihnen in Paris von tollen berühmten Cafés erzähle oder vom besten Kuchen der Stadt, reagiert kaum jemand. Aber wenn ich sage, es gibt noch ein Museum, und das kostet Eintritt, oder laßt uns eine Busfahrt mehr machen, damit wir noch ein Schloß sehen können, das wird aber teurer, dann ist jeder dabei.«

»Wollen Sie vielleicht etwas von unserem Salat haben?« fragt plötzlich jemand neben mir. Es ist eine alte Frau, die eigentlich ziemlich weit weg von uns sitzt. In der Hand hat sie eine Plastikschüssel mit russischem Kartoffelsalat.

Bei Kartoffelsalat kann ich nur schwer widerstehen. Außerdem will ich doch weltoffen sein und mich auf alles einlassen. »Sehr gerne«, antworte ich also.

Ich komme erst zwei Stunden später zu meinem Sitz zurück. Ich habe Kartoffelsalat, Brathähnchen, Gurken, Tomaten, gebratene Auberginen und Apfelkuchen gegessen, ich habe Tee aus einer Thermoskanne getrunken, und ich habe mehrmals erklären müssen, was Soziologie ist und warum ich es studiere, und bin mehrmals der Frage ausgewichen, als was man denn nach einem Soziologiestudium arbeitet, ich habe Schach gespielt und gewonnen, außerdem mehrere Runden Durak, ein altes russisches Kartenspiel, das jeder kennt und das ich seit

Jahren nicht mehr gespielt habe, ich habe erklärt, was meine Eltern und mein Bruder arbeiten, und mußte alle Länder aufzählen, die ich schon gesehen habe. Es hat richtig viel Spaß gemacht.

Ilja hat sich auf unserem Doppelsitz ausgebreitet und döst vor sich hin. Er ist schon so oft nachts im Bus gefahren, daß er einschlafen kann, sobald er sich im Bus hingesetzt hat. Ich schiebe seine Beine von meinem Sitz und setze mich hin. Eine Weile sitze ich schweigend neben dem schlafenden Ilja. Dann hole ich tief Luft.

»Ilja?«

»Hmmm?«

»Schläfst du schon richtig?«

»Eigentlich ja. Aber jetzt bin ich wach.«

»Bist du sauer, daß ich dich geweckt habe?«

»Nein, bin ich nicht. Was wolltest du denn?«

»Was fragen.«

»Dann frag.«

»Bist du sicher, daß du das wissen willst?«

»Ja, jetzt frag.«

»Hast du es jemals bereut, daß wir uns getrennt haben?«

»Anja, bitte nein.«

»Was, bitte nein?«

»Ich bin müde, ich habe schon geschlafen, da kannst du keine solchen Fragen stellen.«

»Tu ich aber. Und wie ist die Antwort?«

»Keine Ahnung. Ich habe nie drüber nachgedacht.«

»Dann denk jetzt drüber nach.«

»Jetzt will ich nur schlafen.«

»Ich glaube aber trotzdem, daß du es ein bißchen bereust, irgendwo tief in dir, auch wenn du es nie zugeben würdest.«

»Vielleicht. Jetzt schlafe ich aber.«

»Okay. Gute Nacht.«

»Gute Nacht.«

Stille. Fünf Minuten lang etwa, ich denke an Jan und frage mich, ob er noch schläft.

»Anja?« fragt Ilja.

»Hmmmm?«

»Bereust du es denn?«

»Darüber dachte ich vorhin nach. Ich glaube nicht.«

Ich hoffe nicht.

Einunddreißig

Am nächsten Morgen wache ich davon auf, daß Ilja direkt neben meinem Ohr ins Mikro spricht. Im ersten Moment bin ich einfach erschrocken, dann werde ich sauer. Ich bin hundemüde, ich habe kaum zwei Stunden am Stück geschlafen, ich brauche, wenn ich mich schon nicht ins Bett legen und schlafen kann, einen starken Kaffee und sehr viel Zeit, um ihn auszutrinken. Ohne dabei angesprochen zu werden.

Neben mir spricht Ilja mit einer wachen und charmanten Stimme ins Mikro. Er reißt Witze und sieht aus, als käme er von einer Kur. Wie kann man nach einer Nacht im Bus so gut aussehen? Später erfahre ich, daß wir vor einer halben Stunde Rast gemacht haben und er sich frisch gemacht hat.

Ilja plaudert munter von Paris, spricht davon, daß man sich in die Stadt einfach verlieben muß, und zitiert berühmte Dichter. Rhetorisch einwandfrei, aber nicht für halb acht Uhr morgens geeignet. Außer mir scheint allerdings keiner müde zu sein.

»Und weil Paris so viele Gefühle und Träume weckt und weil Dichter wie Molière und Ernest Hemingway hier geschrieben haben, weil Paris eine Muse ist, werden wir einen Gedichtwettbewerb veranstalten«, sagt Ilja.

Ich schaue ihn erstaunt an, aber er sieht nicht zu mir rüber.

»Jeder, der sich inspiriert fühlt, schreibt ein Gedicht und gibt es, sagen wir mal, bis morgen mittag bei mir ab. Im wunderschönen Versailles werden wir alle vorlesen und den Gewinner wählen, der dann einen ganz tollen Preis als Erinnerung an das wunderbare Paris bekommt«, fährt Ilja fort. Sollte ich den Job in dem Reisebüro behalten, werde ich mit Sicherheit keine Gedichtwettbewerbe veranstalten, denke ich mir und finde es peinlich, was Ilja da anzettelt. Aber die Teilnehmer suchen in ihrem Gepäck schon nach Schreibblöcken.

»Warum hast du vorhin deine Augen verdreht?« fragt Ilja mich später, als er mal eine Pause macht und das Mikro aus ist.

»Wann?« frage ich. Ich wollte nicht, daß er es sieht.

»Als ich den Gedichtwettbewerb erklärt habe«, antwortet Ilja.

»Ich dachte, das sei übertrieben. Wie in einem schlechten Animationshotel«, erkläre ich. Ilja schaut mich an.

»Manchmal habe ich das Gefühl, du willst auf Teufel komm raus unrussisch sein. Als würdest du dich schämen«, sagt Ilja ganz ruhig.

Mich macht der Vorwurf aus irgendeinem Grund

rasend. Vielleicht bin ich zu müde für eine solche Diskussion. Vielleicht hat Ilja auch einfach nur recht.

»Nein, ich schäme mich überhaupt nicht. Es ist nur so, daß der größte Teil von mir eher deutsch ist«, erkläre ich. Leider klinge ich nicht so ruhig wie Ilja, eher wie ein trotziges dreijähriges Kind.

»Okay, dann irre ich mich eben. Wie war denn das Mitternachtsessen gestern abend?« wechselt Ilja das Thema. Gut war es, lustig und interessant. Ich habe im Schach gewonnen. Richtig gut war es.

»Ganz okay«, antworte ich, weil ich nicht zugeben möchte, daß es mir Spaß gemacht hat. Ich werde später darüber nachdenken, warum das so ist.

»Hat es denn geschmeckt?« bohrt Ilja noch einmal nach.

»Ja«, gebe ich zu, »das hat es.«

Zweiunddreißig

Eigentlich mag ich die Romantik aus den Hollywood-Liebesfilmen nicht. Eigentlich finde ich Kerzenlicht und Meer und Sonnenuntergang kitschig. Schmalzig. Abtörnend. Eigentlich mag ich nicht einmal Paris. Nachts auf dem Eiffelturm und die Lichter, die Seine, das Gegenteil von Romantik ist das, etwas, worüber ich mich lustig mache, so wie *Titanic* und Celine Dion. Ja, eigentlich mag ich nicht einmal Paris. Die Stadt der Liebe. Eigentlich bin ich eher der Amsterdam-Typ, in Museen gehen und danach im Gras liegen, kiffen und richtig gute Pommes essen und abends dann auf Partys gehen und an den Kanälen entlangschlendern, Leute kennenlernen aus der ganzen Welt. Eigentlich mag ich Paris überhaupt nicht.

Sage ich mir. Sage ich mir immer wieder, während ich spätabends hoch oben auf dem Eiffelturm stehe (neun Euro hat mich der Aufstieg gekostet) und hinuntersehe, auf die Seine und die vielen Brücken, auf das Centre Pompidou und auf den Arc de Triomphe, auf die vielen Lichter der Stadt der Liebe. Ilja steht hinter mir, sehr dicht hinter mir, und guckt ebenfalls –

zu mir oder auf die Stadt hinunter? Neben uns wuselt eine Gruppe von jungen Amerikanern, sie knipsen Fotos und filmen, jeder hat mehrere Geräte um sich hängen. Ein Mann hat einen riesigen Spiegelreflexapparat um den Hals hängen, eine kleine Digitalkamera an seinen Gürtel geschnallt und hält eine Videokamera in der Hand. Das muß ich Jan erzählen, er kann über so was wunderbar lachen. Jan.

Ilja beugt sich zu mir, kommt mir noch näher, er will mir etwas ins Ohr flüstern, es kitzelt ein bißchen, Kitsch all das, Paris mag ich eh nicht. »Warum starrst du die Amis an? Stehst du etwa auf den Dicken?« fragt er.

Ich bin erleichtert, wunderbar erleichtert, daß er es nicht noch schlimmer gemacht hat, daß er nicht gesagt hat, daß die Stadt so wunderschön sei, daß er – schlimmer noch – nicht hinzugefügt hat, daß ich noch schöner sei als die Stadt, ich drehe mich zu ihm um, gewinne Abstand, und er zwinkert mir zu, mit seinen leuchtenden braunen Augen, und ich fühle mich so fürchterlich fehl am Platz. Und so wunderbar aufgeregt. Ein bißchen verliebt. Ein klitzekleines bißchen.

Nachmittags sind wir bereits mit der ganzen Gruppe am Eiffelturm gewesen, unsere russischen Touristen haben sich fürchterlich über die hohen Preise beschwert, aber Ilja hatte ihnen erklärt, daß die Aussicht sich auf jeden Fall lohnt, und so hatten sich die meisten überwunden und sind, nachdem sie sich mindestens zehnmal bei Ilja erkundigt haben, ob er nicht einen billigeren Preis aushandeln könne als den Gruppentarif und ob der Sozialhilfepaß denn keine zusätzliche Preisermäßigung bringen würde oder der Studentenausweis vom Deutschkurs, mit dem Aufzug hochgefahren. Ilja und ich waren uns einig, daß wir unten bleiben, während unsere Schäfchen mit den Japanern um die Wette ihre Fotos knipsen, hatten uns einen Kaffee geholt, ihn in der Sonne getrunken und uns über den Patriotismus der Reisegruppe amüsiert: Die amerikanischen Russen stritten sich den ganzen Tag mit den deutschen Russen darüber, ob Amerika oder Deutschland das bessere Land zum Leben ist, während die israelischen Emigranten beide Seiten beschuldigten, nicht in die wahre jüdische Heimat ausgewandert zu sein, und die echten Russen, die immer noch in Moskau, Sankt Petersburg oder Kiew leben, zu beweisen versuchten, daß das Leben in der alten Heimat mittlerweile ganz wunderbar sei.

Abends, nachdem die Reisegruppe mit Stadtplänen und guten Tips von Ilja ausgerüstet in ihre »Zeit zur freien Verfügung« entlassen worden war, schlug Ilja vor, sich Paris von oben anzuschauen. Ich hatte mich gewehrt und ihm erklärt, daß ich nicht auf die Sehenswürdigkeitstour stehe, daß ich lieber einfach spazierengehen würde, daß es viel zu teuer sei, aber er hatte darauf bestanden, mich einzuladen, und so landeten wir schließlich oben auf dem Eiffelturm neben den

Amis mit den vielen Kameras und schauen nun hinunter auf die Stadt der Liebe.

Beim Abendessen habe ich Wein getrunken, ein Glas nur, aber genug, um mich beschwipst zu fühlen, wunderbar problemfrei, ich kann alles tun, was ich will, und ich will viel.

»Es ist so kitschig, abends auf dem Eiffelturm zu stehen. Man müßte mal schauen, in wie vielen Liebesfilmen es eine Kußszene auf dem nächtlichen Eiffelturm gab«, sage ich zu Ilja.

»Muß Kitsch denn immer schlecht sein?« fragt er zurück, verführerisch lächelnd.

»Ja. Kitsch hat nichts mit Romantik zu tun.«

»Früher, da mochtest du noch diese Kitschfilme«, sagt Ilja.

»Früher, da war ich auch jünger«, erkläre ich ihm. Ich fühle mich gut, beschwipst und gut, und vergesse fast, daß ich Paris eigentlich nicht mag. »Jetzt weiß ich, daß Romantik nicht Kerzenlicht ist und nicht Sonnenuntergänge am Meer und auch nicht der Eiffelturm und Paris.«

»Was ist denn Romantik dann?« fragt Ilja. Die Amerikaner machen sich auf den Weg zum Aufzug, es wird leer auf der Plattform, in zehn Minuten wird die Kitschromantik geschlossen. Ich weiß nicht, was Romantik ist. Jan ist kein Romantiker. Wir tanzen nicht zu Hause zu langsamer Musik, wir schauen uns beim Essen nicht verliebt in die Augen, er bringt mir keine roten Rosen mit. Aber wir können einander alles erzählen und lachen viel miteinander, zählt das vielleicht auch zur Romantik?

»Romantisch ist ein ganz kurzer Augenblick, der für zwei Menschen, nur für die beiden, ein besonderer ist«, sage ich, ein Postkartenspruch, den ich auf die Schnelle erfinde, aber kein besonders guter. Wann hatten Jan und ich das letzte Mal so einen Augenblick? Hatten wir überhaupt je so etwas zusammen erlebt?

»Ja, und was, wenn für zwei Menschen der besondere Augenblick eben hier auf dem Eiffelturm ist?« fragt Ilja und beugt sich zu mir, unmerklich fast, aber genug, um mein Herzklopfen zu verstärken. »Ist das dann keine Romantik?«

Darauf weiß ich nun auch keine Antwort. Außerdem beschäftigt mich viel mehr die Frage, ob er uns meint und unseren besonderen Moment, jetzt, hier, auf dem Eiffelturm, so wunderschön kitschig. Ich schaue ihm in die Augen, und er beugt sich noch ein bißchen mehr zu mir, die Brüstung drückt gegen meinen Rücken, oder mein Rücken gegen sie, es ist ein besonderer Augenblick, gleich müssen sie sich küssen, ganz romantisch, wie in einem Film.

»Wenn das für zwei Menschen tatsächlich der besondere Augenblick ist, dann ist das vielleicht Romantik«, sage ich, mache damit meine vorher geschwungenen Reden zunichte, aber es ist mir egal. Ilja steht ganz nah bei mir, sein Kopf neigt sich meinem zu, bedrohlich und aufregend. Wir stehen auf dem Eiffelturm, unter uns die Lichter der Stadt der Liebe, ein lauer Sommerwind und eine ausnahmsweise fast leere Plattform. Er küßt mich nicht.

Er küßt mich nicht dort oben auf dem romantischen Eiffelturm, aber er nimmt mich an der Hand und zieht mich zum Aufzug. »Komm, ich glaube, die wollen schon schließen. Wir sind fast die letzten hier«, sagt er, und ich laufe neben ihm zum Aufzug und bin erleichtert. Erleichtert und enttäuscht.

Er küßt mich erst später, als wir an der Seine spazierenlaufen und alte russische Kinderlieder singen, Lieder aus Zeichentrickfilmen, die wir als Kinder gesehen haben, von den meisten können wir beide nur noch den Refrain, außerdem sind wir beide unmusikalisch, aber es macht Spaß, wir lachen viel zwischendrin. Einmal bleiben wir stehen, schauen einander an und schreien die letzte Silbe des Liedes, weil wir den Ton nicht halten können, wie in einem Duett lang und laut heraus. Als wir fertig sind, beugt sich Ilja zu mir und küßt mich. Küßt mich endlich, als wäre es das Normalste auf der Welt, küßt mich. Der Kuß ist in erster Linie aufregend und erst in zweiter Linie schön. Ich muß an unseren allerersten Kuß denken, an meinen ersten Kuß. Und an unseren ersten richtigen Kuß am See. Auch an Jan muß ich ein bißchen denken, aber er scheint so weit weg, in einer anderen Welt, die nicht existiert, und so konzentriere ich mich auf diesen Kuß, der nicht leidenschaftlich ist wie in den Liebesfilmen, die in Paris spielen, dafür aber wunderschön zärtlich und quälend langsam.

Später erst, als wir nebeneinander im Bett liegen, in einem Doppelzimmer im Hotel, Ilja hält mich in seinen Armen, erst da fühle ich mich schuldig. Da denke ich das erstemal seit dem Kuß richtig an Jan, Jan, der in Deutschland in unserem gemeinsamen Bett liegt, in dem Bett, in dem wir seit Jahren fast jede Nacht umschlungen einschlafen.

Dreiunddreißig

»Kriegen« ist auch so ein Wort, das sich nicht wirklich ins Deutsche übersetzen läßt. Zumindest nicht mit seiner russischen Bedeutung. Mit der Bedeutung von »Wo hast du das her?«, von »So etwas gibt es tatsächlich zu kaufen?«, von »Ich bin über Leichen gegangen, um das zu bekommen«. Es muß sich dabei nicht um seltene Antiquitäten handeln, nicht um Raritäten und auch nicht um unbezahlbare Diamanten. Die Rede ist von Nahrungsmitteln, Büchern, Zeitschriften. Alles ist Mangelware in Rußland. Man muß jahrelang in einer Schlange eingeschrieben sein, um ein Abonnement für eine Zeitung zu kriegen.

»Kannst du dir vorstellen«, sagt meine Mutter oft, und Jan macht sie manchmal nach, zieht dabei das »vorstellen« genauso hoch und in die Länge wie sie, um mich zum Lachen zu bringen, »wie das in Rußland war?« Da ich es mir nicht nur vorstellen kann, sondern es sogar miterlebt habe, schalte ich an dieser Stelle meistens ab. Jan hört gewissenhaft zu.

»Kannst du dir vorstellen, wie es war, daß man nicht einfach in ein Geschäft gehen konnte und ein Buch kaufen? Daß man sich anstellen mußte? Kannst du dir vorstellen, daß wir für eine Theaterkarte drei Tage und Nächte anstehen mußten? Aber wir haben sie gekriegt! Kannst du dir vorstellen, wie es in Rußland war?«

Meistens beantwortet sie sich die Frage selbst: »Nein, du kannst dir das nicht vorstellen. Drei Tage und drei Nächte. Im Winter, in Sankt Petersburg, minus fünfzehn Grad. Und hier, man geht einfach zur Kasse. Und wollte man Eintrittskarten für ein gutes Stück haben, gab es oft die Auflage, daß man dann aber auch Karten für ein schlechtes kaufen mußte. Nein, du kannst dir nicht vorstellen, wie das in Rußland war. Alles mußte man kriegen. Anstellen, suchen, und meistens hat man nicht das gekriegt, was man wollte«, erklärt sie dann einfach und bringt so viele Beispiele, daß man sich gar nicht mehr traut zu widersprechen.

Da wäre zum Beispiel die Tapete. Wollte man renovieren, mußte man sich bereits zwei Jahre vorher dazu entschließen. Dann schrieb man sich in eine Tapeten-, eine Kleister- und eine Farbenschlange ein. Man mußte regelmäßig die Geschäfte aufsuchen, in deren Schlange man eingeschrieben war, und sich zurückmelden. Manchmal mußte man den Verkäufern auch etwas zustecken, damit sie einen in der Liste behielten.

Meine Eltern beschließen, das Wohnzimmer neu zu tapezieren. Sie bestellen also eine Tapete, die sie zwei

Jahre später auch pünktlich bekommen. Wie die Tapete aussehen würde, konnte man vorher nicht wissen, man bekam die, die gerade geliefert wurde. Meine Eltern bekommen eine rote Tapete, was meinen Vater sehr freut, sie ist modern. Meine Eltern nehmen sich Renovierungsurlaub. Sie rücken die Möbel in die Mitte des Zimmers. Sie reißen die alte Tapete herunter. Sie streichen die Wände. Sie bereiten alles für die neue, schicke rote Tapete vor. Mein Vater rollt sie auf. Es sind mehrere Rollen, und die Rottöne, stellt er erschrocken fest, sind unterschiedlich. Es gibt einen schönen dunklen, satten Rotton und einen, der vergilbt aussieht und eher in Richtung Altrosa geht. Das Wort Umtausch läßt sich ins Russische ebensowenig übersetzen wie »kriegen« ins Deutsche. Man kann nichts umtauschen. Wogegen denn auch? Alles ist ausverkauft, sobald es den Ladentisch erreicht.

»Kannst du dir das vorstellen?« sagt meine Mutter. »Kannst du dir das vorstellen, wir sitzen da, leere Wände und zwei verschiedene Tapetenfarben. Was würdest du tun?«

Ich schaue Jan an.

»Keine Ahnung«, antwortet Jan. »Ich wäre verzweifelt.« Er kennt meine Familie schon sehr lange.

Meine Mutter war verzweifelt. Genauso verzweifelt, wie Jan es an ihrer Stelle gewesen wäre. Nicht so mein Vater. Er dachte kurz nach, maß die einzelnen

Rollen. Rückte den großen Wandschrank wieder an die Wand – schließlich sieht man das, was hinter dem Schrank ist, nicht. Diese Wand kann unbeklebt bleiben. Er beklebte die anderen Wände mit der dunkelroten schönen Tapete. Die häßliche benutzte er für den Streifen Wand über dem Schrank. Da oben schaute auch keiner hin.

»Kannst du dir das vorstellen? Und es sah so gut aus. Alle, die zu uns gekommen sind, haben gesagt: Wo habt ihr eine so tolle Tapete gekriegt?« begeistert sich auch noch fünfzehn Jahre später meine Mutter.

Ich glaube, meine Eltern sind bis heute stolz auf die paar Sachen, die sie gekriegt haben, die andere nicht hatten. Dazu gehört auch eine Glasplatte für den Schreibtisch meines Bruders, die er zu seiner Einschulung bekommt.

»Wozu brauchte er überhaupt eine Glasplatte auf seinem Holzschreibtisch?« fragt Jan meine Mutter, als sie die Geschichte erzählt.

»Damit der Tisch geschont wird«, erklärt meine Mutter entrüstet. Was für eine Frage. Ein Schreibtisch war noch schwerer zu kriegen als eine Glasplatte.

Mein Bruder bekommt die Glasplatte einen Tag vor seiner Einschulung. Er ist sieben Jahre alt und ein sehr aufgeweckter Junge. Eine Stunde nachdem er aus der Schule zurück ist, hat die Glasplatte einen Sprung. Er konnte nichts dafür, es war sein Fußball. Seit Wochen mußte er sich anhören, daß meine Eltern eine Glasplatte gekriegt haben. Ihr Ansehen im Bekannten- und Verwandtenkreis ist dadurch sehr gewachsen. Jetzt ist die Glasplatte kaputt. Mein Bruder will von zu Hause weglaufen. Da das aber mit sieben Jahren nicht so einfach ist, läuft er erst einmal in den Hof. Meine Mutter, die an seinem ersten Schultag sein Lieblingsgericht zubereitet hat, braucht Stunden, um ihn zum Abendessen nach Hause zu holen. Nach dem Essen bittet mein unmusikalischer Bruder meine Eltern, mit ihm zu singen. Sie singen mit ihm bis neun. Dann muß er ins Bett.

»Bitte, bitte, noch ein Lied«, bettelt mein Bruder. Er kann sehr süß gucken, wenn er will, er erbettelt sich noch sieben weitere Lieder.

»Nun aber ins Bett. Auf geht's!« sagt meine Mutter und will ihn in sein Zimmer bringen.

»Ich gehe heute selbst ins Bett. Ich bin jetzt groß und gehe zur Schule. Ich muß nicht mehr ins Bett gebracht werden«, teilt mein Bruder den Eltern mit.

Meine Eltern sind stolz auf ihn. So stolz, daß sie unbedingt noch einmal in sein Zimmer kommen müssen, um ihm noch einen Gutenachtkuß zu geben. Da sehen sie die zersprungene Glasplatte.

»Kannst du dir vorstellen, wieviel Angst er hatte? Weil er wußte, wie schwer es war, sie zu kriegen! Kannst du dir das vorstellen?« fragt meine Mutter.

Ich kenne die Geschichte schon. Jan kennt meine Mutter gut genug, um nicht zu antworten.

»Nein, du kannst dir nicht vorstellen, wie es war, die Glasplatte zu kriegen!« antwortet meine Mutter sich selbst.

Vierunddreißig

Gorbatschow ist ein alter Parteifunktionär, und so gerne die Menschen auch an die Perestroika glauben wollen, fragen sich viele, ob er, der durch die Kommunistische Partei zu dem geworden ist, was er ist, der Richtige ist, um das Land zu reformieren.

Es gibt andere Hoffnungsträger. Einer von ihnen ist Anatoli Sobtschak, Sankt Petersburgs Bürgermeister. Wir Kinder hören unsere Eltern so oft begeistert von ihm sprechen, daß wir beim Spielen im Hof beschließen, politisch aktiv zu werden. Wir reißen die Wahlplakate der anderen zur Bürgermeisterwahl aufgestellten Politiker von den Litfaßsäulen herunter, knüllen sie zusammen und werfen sie in den Müll. Einer von uns steht an der Straße Schmiere. Wir sind so sehr mit unserer politischen Aufgabe beschäftigt, daß keiner von uns daran denkt, daß jemand auch aus dem Haus, von der anderen Seite also, kommen könnte. Ich bin gerade dabei, einen Zettel abzureißen, da packt mich plötzlich jemand am Arm.

»Was soll das, ihr kleinen Querulanten?« ruft eine schrille Frauenstimme direkt in mein Ohr. Meine Freunde treten ein paar Schritte zurück, Sicherheitsabstand, und bleiben unschlüssig stehen.

»Aus solchen wie dir werden später mal Kriminelle!« Die Frau konzentriert sich auf meine Erziehung und ignoriert die anderen. Sie hält meinen Arm immer noch fest. »Ich werde die Polizei rufen! Oder dich direkt zu ihr bringen! Was machen deine Eltern, warum passen sie nicht auf dich auf?« fährt sie in derselben schrillen Tonlage fort.

Ich schweige und habe Angst. Ich will nicht zur Polizei, ich bin keine Kriminelle.

»Lassen Sie sie sofort los!« höre ich plötzlich die Stimme meiner besten Freundin, die an der Straße Schmiere gestanden hat. »Sie kämpft für unsere Stadt! Wir brauchen Reformen, und Sobtschak ist der einzige, der uns helfen kann!« Was Reformen sind, wissen wir mit unseren acht Jahren nicht genau, aber diesen Satz haben wir von unseren Eltern sehr oft gehört.

Die Frau ist so perplex ob dieser politischen Rede, daß sie mich kurz losläßt. Ich renne davon, die anderen hinter mir her.

Am Abend der Wahl warten meine Eltern gespannt auf das Ergebnis. Sobtschak wird zum Bürgermeister gewählt. Ich habe daran mitgearbeitet, denke ich, als ich sehe, wie sehr sich meine Eltern freuen, erzähle es ihnen aber nicht. Ich weiß nicht, was sie von meinen Wahlkampfmethoden halten würden.

Eine der großen Reformen, die Sobtschak durchführt, ist die Umbenennung der Stadt von Leningrad in Sankt Petersburg. Diese Idee wird zum Symbol der Perestroika. Die Volksabstimmung dazu findet im Sommer statt, ich bin auf der Datscha und sehr traurig, daß ich die Aufregung in der Stadt nicht miterlebe. Ich muß doch der Perestroika helfen. Weil es auf dem Land, wo die Datschas stehen, keine Wahllokale gibt und all die Großeltern, die ihre Enkel hüten, nicht wählen können, baue ich unseren Geräteschuppen zu einem Wahllokal um. Mit meinen Freunden zusammen male ich Stimmzettel, diese verteilen wir in allen mit dem Fahrrad erreichbaren Datschas. Jedem, dem wir einen solchen in die Hand drücken, schärfen wir ein, er habe für die Umbenennung der Stadt zu stimmen.

Die Wahlbeteiligung ist bei uns auf der Datscha gering, die meisten Erwachsenen machen sich nicht die Mühe, für dieses Spiel zum Geräteschuppen zu kommen. Diejenigen, die wählen, es sind hauptsächlich die nächsten Nachbarn und unsere Großeltern, stimmen alle für die Umbenennung. In der Stadt sind nur einundfünfzig Prozent der Wähler dafür. Leningrad heißt jetzt Sankt Petersburg, und ich habe mal wieder bei der Perestroika mitgewirkt.

Im neuen Schuljahr bekommen wir eine neue Schülerin. Sie heißt Xenija Sobtschak, und stolz erzähle ich allen Verwandten, daß die Tochter unseres großen Bürgermeisters in meine Klasse geht. Xenija wird von Bodyguards in die Schule gebracht, weil ihre Eltern einen Anschlag auf sie befürchten, es gibt noch sehr viele Reformgegner in Rußland. Für die Pausen bringt Xenija Cola und westliche Schokoriegel in die Schule mit, und jeder will mit ihr befreundet sein. Man erzählt sich, sie habe ein Monopoly-Spiel zu Hause.

Ich gehe auf eine sogenannte »Englische Schule«, davon gibt es nur sehr wenige in Petersburg. Wir lernen Englisch ab der zweiten Klasse. Meine Mutter mußte all ihre Bekannten und Verwandten abtelefonieren, bis sie schließlich über zahlreiche Hinweise eine Lehrerin in dieser Schule gefunden hat, die in der Nähe von uns wohnte. Die Lehrerin fand mich süß, außerdem bekam sie von meiner Mutter mehrere kleine Döschen Kaviar, ich wundere mich, wo sie die aufgetrieben hat, und so darf ich die Aufnahmeprüfung machen. Ich bestehe sie.

Als Xenija Sobtschak in unsere Klasse kommt, haben wir bereits seit über einem Jahr Englischunterricht. Sie spricht kein Wort Englisch, bekommt aber Privatunterricht von der Schulleiterin persönlich. Ich bin gut in Englisch und helfe ihr manchmal bei den Hausaufgaben. Wir freunden uns an. Meine beste Freundin ist eifersüchtig, Kinder aus allen Klassen schauen plötzlich zu mir auf. Ich lade Xenija zu mir nach Hause zum Spielen ein, und meine Familie ist ganz aufgeregt, daß die Tochter von Sobtschak zu uns kommt. Am nächsten Tag sagt sie, daß ihre Mutter ihr leider nicht erlaubt habe, zu mir zu kommen, aus Sicherheitsgründen.

Fünfunddreißig

Am Ende der dritten Klasse durfte man in Rußland Pionier werden. Auf einer großen Feier bekam man ein rotes Halstuch, das von nun an zur Schuluniform gehörte. Mein Bruder kam an dem Tag, an dem er Pionier wurde, trotz Minustemperaturen ohne Jacke nach Hause, weil er sein rotes Halstuch der ganzen Welt zeigen wollte. Wir wuchsen in dem Glauben auf, daß es auf der Welt einen perfekten Menschen gegeben hatte, dieser hieß Lenin. Es gab unzählige Geschichten über ihn als kleinen Jungen, die beschrieben, was für ein gutes, verantwortungsvolles Kind er gewesen war. Eine handelte davon, wie er eine teure Blumenvase seiner Tante zerbrochen hatte und es ihr trotz drohender Schläge beichtete. Im Kindergarten lernten wir, wir sollten versuchen, wie der kleine Wladimir Lenin zu sein. Ich beneidete meinen Bruder um sein rotes Halstuch.

Als ich in die dritte Klasse komme, ist der Begriff »Perestroika« in aller Munde und Lenin-Verehrung verpönt. Pioniere soll es aber weiterhin geben, heißt es von offizieller Seite, allerdings dürfen die Schüler zum erstenmal selbst entscheiden, ob sie einer werden wollen. Der große Augenblick, die seit Jahren herbeiersehnte Feier, ist da, ich trage meine schönste weiße Schuluniformschürze.

Ich bin die dritte im Alphabet. Die beiden Jungen, deren Nachnamen mit einem A anfangen, treten in die Mitte der Aula und nehmen ihre Halstücher entgegen. Klatschen aus dem Saal.

»Anja Buchmann« ruft die Schulleiterin mich auf.

Mit hoch erhobenem Kopf gehe ich auf sie zu, die vielen Menschen machen mir keine angst.

»Anja Buchmann, heute wirst du ein Pionier«, sagt die Schulleiterin feierlich. Über ihr hängt ein Lenin-Bild.

»Ich will nicht. Ich werde den Pionieren nicht beitreten«, sage ich laut und deutlich, meine Stimme zittert fast gar nicht. Ich bin die erste an der Schule, die diesen Satz spricht. Mir folgt fast die ganze Klasse, im darauffolgenden Jahr fällt die Weihung der Pioniere komplett weg. Die Perestroika hat begonnen.

Sechsunddreißig

Erst in der U-Bahn vom Bahnhof nach Hause gestatte ich es mir nachzudenken. Ich bin müde, so müde nach der zweiten Nacht im Bus. Es ist halb zehn Uhr morgens, Jan wird schon aus dem Haus gegangen sein, und ich freue mich so sehr darauf, mich in mein Bett zu werfen, die Decke über den Kopf zu ziehen, wie ein Zelt, und einzuschlafen, so fest zu schlafen, daß ich alles vergessen kann.

Ich muß es Jan sagen, ich weiß, daß ich es muß. »Warum?« wird er fragen. Ich weiß, er wird nicht wütend werden, er wird mich auch nicht anschreien, aber er wird traurig aussehen, so traurig, daß mir allein die Vorstellung an seinen Blick das Herz bricht. Keiner darf Jan weh tun. Auch ich nicht.

»Warum?« Ich suche nach einer Antwort auf die Frage. Warum habe ich ihn geküßt? Weil ich verliebt bin? Weil er toll küssen kann? Weil ich mich wieder fühle wie fünfzehn, so verknallt, daß ich an nichts anderes denken kann als an Ilja Ilja Ilja? Weil ich ein Glas Wein getrunken habe? Weil Jan nicht da ist? Weil Paris die Stadt der Liebe ist? Weil ich doof bin, einfach nur doof?

Ich denke an Ilja und an die Rückfahrt, wie wir uns im Spaß gezankt haben, wer am Fenster sitzen darf, daran, wie er später einschlief, seinen Kopf auf meiner Schulter, und ich aus dem Fenster starrte, hellwach und zufrieden, einfach nur zufrieden. Und wie schwierig dann am Morgen alles schien, je weiter sich der Bus München näherte, schwierig und unlösbar. Ich erinnere mich daran, wie Ilja mich fragte, was ich gerade denke, eine Frauenfrage eigentlich, und ich den Kopf schüttelte, weil ich nichts sagen wollte. Nicht sagen wollte, daß ich an Jan denke, nun doch noch an Jan denke, nun nur noch an Jan denke und nicht mehr weiterweiß.

»Ich bin einfach nur müde«, hatte ich geantwortet und kurz darüber nachgedacht, ob ich ihn fragen sollte, woran er gerade denkt, es dann aber doch gelassen. Ilja hatte mich dann gebeten, Flyer und Broschüren des Reisebüros an die Reisenden zu verteilen, als wäre nichts gewesen, als wäre alles, wie es sein sollte.

Zum Abschied hat er mich umarmt und mich geküßt – auf die Wange nur – und gesagt, ich solle mich ausschlafen, das würde er auch tun. Er hat nicht gefragt, wann wir uns sehen, fällt mir ein, als ich aus der U-Bahn steige, aber es ist mir egal. Von der U-Bahn bis zu unserem Haus sind es nur fünf Minuten zu Fuß, aber plötzlich wünsche ich mir, daß Jan zu Hause ist, daß er auf mich wartet und mich in den Arm nimmt und mir sagt, daß alles zwischen uns in Ordnung ist, daß alles so ist, wie es war, daß wir zusammengehören. Ich laufe schneller, aber als ich am Haus angekommen bin, keuchend, traue ich mich nicht zu klingeln, um das Schweigen des Türsummers nicht hören zu müssen, denn eigentlich weiß ich ja, daß Jan bereits vor ein paar Stunden aus dem Haus gegangen sein muß. Wir wohnen im dritten Stock, und als ich die Wohnungstür erreiche, bin ich außer Atem. Ich suche nach dem Schlüssel in meiner Tasche, langsam, Jan, bitte sei zu Hause, es gibt doch manchmal Wunder, sei zu Hause, sag mir, daß du mich trotz allem liebst. Sag mir, daß ich dich trotz allem liebe.

Ich muß den Schlüssel zweimal umdrehen, Jan ist also nicht zu Hause, und ich bin enttäuscht, obwohl ich doch wußte, daß es so sein würde. Das Geschirr in der Küche stapelt sich, auch das habe ich geahnt, aber statt genervt zu sein, muß ich plötzlich darüber lächeln. Ein bißchen so, als ob ich diesen Stapel schmutziger Teller, Besteck und Gläser zum letztenmal sehen würde, als müßte ich mir dieses Bild einprägen, es festhalten wie auf einem Foto.

Ich schüttele diesen blöden Gedanken ab und gehe ins Schlafzimmer. Ich schmeiße meine Reisetasche in die Ecke, meine Klamotten auf den Boden und ziehe ein altes T-Shirt von Jan an. Auf dem Bett liegt ein Zettel, es ist ein Flyer von einer Party, aber auf der Rückseite ist eine Nachricht von Jan:

»Anjetschka! Schön, daß Du wieder da bist! Hab

Dich sehr vermißt, weil niemand mir nachts die Decke geklaut hat. Ich hoffe, Du hast mir was mitgebracht! Bis heute abend, Dein Jan! P.S. Deine Mutter hat jeden Tag angerufen, um zu fragen, wie es mir ohne Dich geht.«

Über den letzten Satz muß ich lachen. Aber dann lese ich den Zettel noch einmal, und plötzlich kommen mir die Tränen, und Schuldgefühle habe ich, als stünde mir die Nachricht gar nicht zu und ich hätte gerade das Briefgeheimnis gebrochen. Es ist eine Nachricht für Anjetschka, für die liebe Anjetschka, die nichts mit ihrem Exfreund anfängt. Ich lege den Zettel unter das Kopfkissen, als könnte das helfen. Mir ist kalt, mitten im Sommer. Schlafen und vergessen, ganz tief schlafen.

Vor dem Einschlafen, meine Augen sind zu, frage ich mich noch einmal: Warum? Die Frage dreht sich wie ein Wirbelsturm in meinem Kopf und irgendwie unangenehm in meinem Bauch und läßt mich nicht schlafen. Warum? Warum habe ich ihn geküßt? Warum habe ich es getan?

Kurz darauf denke ich noch: Warum habe ich nicht mit ihm geschlafen?

Siebenunddreißig

In meinem ersten deutschen Sommer im Wohnheim lese ich viel. Ich schreibe mich in die Stadtbibliothek ein und leihe mir sechs Bücher für den Sommer aus, mit deren Hilfe ich Deutsch lerne. Ich fange mit Astrid Lindgren an, ihre Kinderbücher kenne ich auf russisch fast auswendig, und nach ein paar ersten Seiten, von denen ich allenfalls einzelne Wörter verstehe, bilden sich zu den russischen Begriffen in meinem Kopf die deutschen Entsprechungen. Kalle Blomquist, Eva-Lotta und Anders spielen in einer Schloßruine, ich liege im Gras neben dem Wohnheim und wiederhole das Wort vor mich hin: »Schloßruine, Schloßruine, Schloßruine.« Für das erste Buch brauche ich über zwei Wochen, dabei lese ich fast den ganzen Tag.

Dann sind die Sommerferien vorüber, ich habe nicht das Gefühl, mein Deutsch verbessert zu haben, und eigentlich nicht die geringste Lust, das backsteinfarbene Schulgebäude jemals wieder zu betreten. In einem Brief stand, daß ich in die 4a komme, zu einem Klassenlehrer namens Herr Wolf. Ich bin erleichtert, daß ich nicht wieder in die Klasse der Schulleiterin Frau Kraus komme. Mit dem Brief zusammen kam eine Liste mit Schulsachen, die ich brauchen würde. Meine Eltern berieten sich mit Iljas Familie, sie leben bereits ein paar Monate länger in Deutschland, Ilja geht schon seit zwei Monaten hier zur Schule. Iljas Mutter erzählt, daß es in Deutschland numerierte Hefte gibt. Sie geht mit uns ins Kaufhaus, und meine Eltern und ich suchen staunend die verschiedenen Hefte und die dafür benötigten verschiedenfarbigen Umschläge zusammen. Auf der Liste stehen außerdem Wachsmalkreiden, Wasserfarben und Pinsel, die aber ein Vermögen kosten. Die weltgewandte Familie aus dem Wohnheim zeigt uns einen türkischen Laden, in dem es billige Wasserfarben gibt. Eine Woche vor dem Schulanfang bringt mir mein Vater ein deutsches Federmäppchen mit, eins mit zwei Reißverschlüssen, zum Aufklappen. Darin ist alles, was ich mir nur wünschen könnte, Buntstifte, Radiergummi, Lineal, sogar ein Stundenplan. Trotz der Proteste meiner Eltern lege ich es jeden Tag neben mein Kopfkissen. Mein Vater ist der Beste.

In der Nacht vor dem ersten Schultag träume ich, mein zukünftiger Lehrer Herr Wolf sei zwei Meter groß, er schreit mich im Traum an, ich solle irgend etwas tun, aber ich verstehe nicht, was er sagt. Er wird immer lauter, und plötzlich bin ich hellwach, dabei ist es noch nicht einmal fünf Uhr. Schlaf ein, sage ich zu mir selbst, schlaf ein, sonst bist du in der Schule müde, aber es funktioniert nicht. Ich starre die Decke an, denke darüber nach, wie ich es anstellen könnte, noch vor sieben Uhr krank zu werden, und habe Angst, mich zu oft umzudrehen, um meine Familie nicht zu wecken.

Meine Mutter bringt mich wieder zur Schule. In Rußland war der erste Schultag immer der 1. September und ein großer Feiertag. Unsere Schuluniformen, normalerweise ein braunes Kleid und eine schwarze Schürze für Mädchen, wurden an diesem Tag durch eine weiße Schürze feierlich aufgepeppt. Alle Klassen wurden auf dem Schulhof in Reihen aufgestellt, fast jedes Kind hatte Blumen für die Lehrerin dabei. An meinem ersten Schultag in Deutschland toben Schüler in bunten Kleidern auf dem Schulhof herum, die Klassen vermischen sich untereinander, für mich ist es ein einziger wimmelnder farbenfroher Fleck.

Die 4a hat ihr Klassenzimmer im zweiten Stock. Als es klingelt, gehen meine Mutter und ich mit den anderen Kindern hoch. Neben den Lehrkräften ist meine Mutter die einzige Erwachsene unter den vielen Schülern, und ich kann mich nicht entscheiden, ob es mir vor allen Dingen peinlich ist oder ob ich sie an der Hand nehmen und nie wieder loslassen soll. Auch vor dem Klassenzimmer stellen sich meine neuen Mitschüler, nicht wie ich es gewohnt bin, in einer Reihe auf. Sie sind laut, spielen, lachen, und die Lehrer, die vorbeilaufen, meckern nicht.

Herr Wolf ist nicht annähernd so groß wie der Lehrer in meinem Traum, aber trotzdem habe ich Angst vor ihm. Er hat einen Schnurrbart und trägt eine Cordhose.

»Hallo, Herr Wolf!« rufen die Kinder, sie hüpfen um ihn herum und sagen etwas, das ich nicht verstehe.

Meine Mutter geht auf ihn zu, erklärt ihm, daß ich seine neue Schülerin sei, daß ich aber nicht besonders gut Deutsch spreche und deshalb Angst habe.

»Guten Tag«, sagt Herr Wolf zu meiner Mutter, hektisch, aber nett. »Das machen wir schon mit ihr!« Er spricht in breitestem Schwäbisch, das ich nur schwer verstehe, legt die Hand auf meine Schulter und schiebt mich Richtung Klassenzimmer. Ich drehe mich zu meiner Mutter um, will ihr sagen, daß er nicht verstanden hat, daß er sich nicht um mich kümmern wird, aber sie sagt »geh, geh« zu mir, und bevor ich etwas sagen kann, bin ich im Klassenzimmer.

Herr Wolf setzt mich an einen Tisch zu fünf Mädchen. Eins von ihnen, ich erahne den Sinn seiner Worte nur, sei auch eine Russin. Ina hieße sie, sie sagt »hallo« auf russisch zu mir, und plötzlich bin ich erleichtert. Alle Mädchen an meinem Tisch sind ebenfalls Ausländerinnen, sie kommen aus Kroatien, Polen und Jugoslawien. Sie sprechen im besten Fall ein sehr einfaches, teilweise sogar ein gebrochenes Deutsch, aber es wird noch monatelang dauern, bis ich das begreife. An meinem ersten Schultag wünsche ich mir, die Sprache so gut zu beherrschen wie sie.

Herr Wolf ist nett. Ich verstehe zwar kaum etwas

von dem, was er sagt, aber er fragt mich immer wieder, ob alles in Ordnung ist, und bittet Ina, für mich zu übersetzen. Den Kindern erklärt er, daß ich aus Rußland komme und noch nicht sehr gut Deutsch spreche. Hinten im Klassenzimmer hat er eine Werkstatt aufgebaut, in der die Kinder basteln können, in einer Ecke stehen Musikinstrumente, auf denen jeder spielen darf. Wenn jemand auf die Toilette muß, steht er einfach auf und geht mitten in einer Schulstunde aus dem Klassenzimmer.

Herr Wolf hat am ersten Schultag einen selbstgestrickten Schal mitgebracht und Wolle in so vielen Farben, wie wir Kinder in der Klasse sind. Jeder bekommt ein Wollknäuel, auch ich. Ich bin verwundert, daß wir in der Schule stricken sollen, aber froh. Stricken kann ich, das habe ich schon vor Jahren von meiner Mutter gelernt. Ina übersetzt mir, Herr Wolf werde uns Strikken beibringen, jeder Schüler müsse mit seiner Farbe zehn Reihen stricken. Dann reichen wir unsere Schalstücke weiter, und jemand anders strickt an dem Schal mit seiner Farbe weiter. Am Ende des Schuljahres wird jeder als Erinnerung einen Schal besitzen, an dem die ganze Klasse mitgestrickt hat. Ich habe einen dunklen Grünton bekommen.

In der großen Pause will ich auf dem Schulhof wieder die anderen Kinder aus dem Wohnheim suchen, aber Ina ruft nach mir, ich solle mit ihnen kommen. Sie und die anderen Mädchen, die an unserem Tisch sitzen, essen in einer Ecke. Ich gehe zu ihnen, ein bißchen schüchtern, aber sehr stolz auf die rote Brotdose, die meine Eltern im Sommer für mich gekauft haben und die sich gar nicht von ihren Vesperdosen unterscheidet. Die Mädchen lächeln mir zu, als ich mich ihnen nähere, und ich fühle mich sehr deutsch. Plötzlich hoffe ich, daß mich die anderen Wohnheimkinder nicht suchen werden, plötzlich schäme ich mich für meine Freunde, weil sie so russisch sind. Ich habe jetzt deutsche Freunde.

Nach der großen Pause haben wir Mathematik. Die Aufgaben sind sehr einfach für mich, das Thema hatten wir in Rußland bereits vor zwei Jahren durchgenommen. Weil ich die Erklärungen von Herrn Wolf nicht verstehe, rechne ich einfach still vor mich hin und merke gar nicht, daß ich bereits nach zehn Minuten meinen Mitschülern um Seiten voraus bin. Ina schaut immer wieder in mein Heft, verwundert, weil ich so schnell rechnen kann, und fragt, ob sie bei mir abschreiben dürfe. So viel Erfolg am ersten Tag habe ich nicht erwartet.

Herr Wolf sieht das Wuseln an unserem Tisch und fragt, was los ist. Neugierig, nicht wütend.

»Anja kann ganz toll rechnen. Sie ist schon auf Seite zwölf«, erklärt Ina.

Herr Wolf kommt an unseren Tisch, schaut in mein Heft, sagt etwas zu der Klasse, das ich nicht verstehe. Aber ich soll nach vorne kommen. Ich gehe zur Tafel, aufgeregt, ich hoffe, daß ich nichts sagen muß, sondern nur schreiben. Zahlen schreiben, das kann ich.

Herr Wolf schreibt eine Aufgabe an die Tafel. Es ist eine schwierigere Aufgabe als die im Buch, vielleicht will er den anderen zeigen, was ich schon kann. Für mich ist die Antwort einfach, aber Herr Wolf behält die Kreide in der Hand und schaut mich erwartungsvoll an. Ich traue mich nicht, ihm die Kreide aus der Hand zu nehmen, ihn darum bitten kann ich nicht, weil ich das deutsche Wort für Kreide nicht kenne. In meinem Kopf rattert es, das deutsche Zahlensystem ist kompliziert, irgend was muß ich da umdrehen, ich weiß nur nicht mehr was. Ein »und« muß zwischen die beiden Zahlen, da bin ich mir sicher.

»Dreiundvierzig«, sage ich nach einer Weile. Die Aufgabe ist wirklich einfach. Das werde ich meinem Vater erzählen müssen.

Herr Wolf schaut mich an. Still. Sagt nichts. Die Klasse ist auch still.

»Das stimmt leider nicht«, sagt Herr Wolf. Er guckt nicht böse, aber ich fühle mich bloßgestellt, dabei hatte der Tag doch gut angefangen, so gut. Ich rechne nach, nervös. Ich will nach Hause. Dreiundvierzig, es ist doch eigentlich ganz einfach. Ich gehe zur Tafel, ich werde ihm die Rechnung aufschreiben, rechnen kann ich gut. Ich werde es euch zeigen!

»Stop!« sagt Herr Wolf.

Ich bleibe stehen, wie angewurzelt, irgend was habe

ich falsch gemacht, dabei habe ich doch nur zeigen wollen, wie ich gerechnet habe, vielleicht arbeiten die hier irgendwie anders mit Zahlen? Ich will nach Hause.

Herr Wolf hat ein breites Grinsen im Gesicht. Er legt mir die Hand auf die Schulter.

»Ich habe es verstanden!« ruft er aufgeregt, wie ein kleines Kind, das sich freut. Ich würde mich gerne mitfreuen, aber ich weiß nicht, warum er sich freut.

Er gibt mir die Kreide in die Hand. »Schreib das Ergebnis an die Tafel, bitte, Anja«, sagt er freundlich. Ich schreibe die Zahl hin. Herr Wolf lacht. Die Schüler gukken erstaunt, ich finde gar nichts witzig.

»Das ist eine vierunddreißig«, sagt Herr Wolf. Dann dreht er sich zur Klasse um und erklärt, daß in anderen Sprachen die zweistelligen Zahlen anders benannt werden, die zweistellige Zahl vor der einstelligen kommt. »Anja muß das noch lernen. Wir werden ihr helfen, die Zahlen auszusprechen, und sie wird uns helfen, rechnen zu lernen. Sie ist jetzt unsere Matheexpertin. In Ordnung?« Die Schüler nicken, Herr Wolf schaut mich aufmunternd an.

»Hast du verstanden? Es ist eine vierunddreißig.«

Ich habe verstanden. In Deutschland rechnet man auch nicht anders als in Rußland. Die dreiundvierzig heißt einfach vierunddreißig. Herr Wolf ist ein netter Lehrer, und Schule ist gar nicht so schlimm.

Später geht Herr Wolf auf mich zu und fragt mich, was

ich gerne mache. »Sport? Spielst du ein Musikinstrument? Malst du gerne?«

»Lesen«, sage ich, stolz darauf, ihn verstanden zu haben. »Buch«, füge ich noch hinzu, nur für den Fall, daß er mich nicht verstanden hat.

»Buch?« fragt Herr Wolf nach. Ich freue mich, daß er so lange mit mir spricht. »Geschichten? Schreibst du denn gerne selbst Geschichten? Willst du eine Geschichte schreiben?«

Wie meint er das? Ich kann doch gar nicht schreiben. Nicht auf deutsch. Ich kann ja kaum lesen.

»Ja«, antworte ich. Meine Mutter kann mir vielleicht helfen. Keine Ahnung, worauf ich mich da einlasse.

»Toll! Schreibst du eine Geschichte über Sankt Petersburg? Das hilft dir bestimmt auch beim Deutschlernen.«

Sankt Petersburg ist gut. Damit kenne ich mich aus. Ich nicke.

In der Stunde eröffnet er den Schülern, daß es jetzt einen Schreibklub in der Klasse gibt, ich würde eine Geschichte über Sankt Petersburg schreiben, neue Mitglieder sind willkommen. Drei Mädchen von einem Tisch in der Ecke gegenüber von mir melden sich. Sie lächeln mir zu. Ich lächle zurück. Bald werden wir vier uns an zwei Nachmittagen die Woche zum Schreiben treffen und zu besten Freundinnen werden.

»Ihr seid jetzt richtige Schriftsteller«, sagt Herr Wolf. Ich schreibe »Shriftstela« auf einen kleinen Zettel, um das Wort später im Wörterbuch nachzuschauen.

Meine Mutter holt mich von der Schule ab. Ich habe ein Knäuel dunkelgrüne Wolle dabei und bin Matheexpertin und Schriftstellerin.

Am nächsten Tag sage ich meiner Mutter, sie könne zu Hause bleiben, sie müsse mich nicht mehr zur Schule bringen, ich habe keine Angst mehr vor der Schule.

Herr Wolf bringt mir Ansichtskarten von Sankt Petersburg mit: Klappbrücken, die Newa bei Nacht, die Eremitage. Ich soll meine Geschichte damit bebildern. Die Geschichte heißt: »Meine weißen Nächte.«

Achtunddreißig

Nach dem Kuß sind Ilja und ich fast schweigend zum Hotel gelaufen. Der Weg dauerte bestimmt eine halbe Stunde, Ilja hielt meine Hand und fragte einmal, ob mir nicht kalt sei, er bot mir seine Jeansjacke. Die Jacke war mir viel zu groß gewesen, gemütlich groß, den rechten Ärmel krempelte ich hoch, damit wir besser Händchen halten konnten. Manchmal haben wir verstohlen zueinander gesehen, ich bemerkte Iljas Blicke, aber gesagt habe ich nichts. Einmal drehten wir die Köpfe gleichzeitig zueinander, und Ilja lächelte, nett irgendwie, und glücklich. Strahlend. Ich habe ihn auch angelächelt und dann wieder auf die Seine geschaut, in die andere Richtung.

Am Morgen hatte Ilja die Zimmer auf unsere Reisegruppe verteilt. Es gab keine Einzelzimmer, nur Doppel- und Dreierzimmer. Ich war davon ausgegangen, daß ich mit einer der Frauen ins Zimmer komme, aber Ilja hatte mir einen Schlüssel in die Hand gedrückt und gesagt: »Wenn du willst, kannst du schon einmal auf unser Zimmer gehen und dich duschen oder so.« Ich hatte nichts gesagt, nur den Schlüssel genommen.

Je näher wir dem Hotel kamen, desto mulmiger wurde mir zumute. Ich dachte nicht an Jan, ich dachte eigentlich gar nicht, ich hatte nur Herzklopfen und zitterte ein bißchen vor Aufregung. Lampenfieber, nur besser.

Kurz vor dem Hotel blieb Ilja stehen. »Alles in Ordnung mit dir?« fragte er und zog mich an sich. Zog mich mitten auf der Straße neben einem Café an sich, als wäre es das Normalste auf der Welt.

»Ja«, sagte ich, aber ich fühlte mich nicht wie ich, mehr wie eine Frau, die ich in einem Film spielte. »Mir ist nur kalt«, erklärte ich.

»Ich habe eine Flasche Wein mitgebracht, die machen wir gleich auf, der Wein wird dich wärmen«, sagte Ilja.

Wußte seine Freundin davon?

Oben im Zimmer machte Ilja den Wein auf, es war ein teurer Rotwein, Ilja ist ein Weinkenner und -liebhaber, immer bereit, viel Geld für eine besondere Flasche auszugeben, er hatte auch einen Flaschenöffner mitgebracht. Ilja schenkte ihn in Zahnputzbecher aus dem Bad ein, eigentlich sei der Wein zu schade dafür, sagte Ilja, aber es käme ja nicht darauf an, woraus man trinke, sondern mit wem man trinke, zwinkerte er mir zu.

Das Bett war ein französisches, eine große Matratze für zwei Personen. Wir saßen in der Mitte im Schneidersitz, so nah, daß wir uns leicht hätten küssen können, hätten wir gewollt. Ich wollte. Unbedingt. Und hatte Angst.

»Worauf stoßen wir an?« fragte Ilja.

»Du fängst an«, sagte ich zu Ilja, kokett, lächelnd, und sah ihm direkt in die Augen. »Ich denke mir den nächsten aus.«

»Okay. Dann trinken wir auf einen wunderschönen unvergeßlichen Abend in der kitschigen Stadt der Liebe und auf ganz viele besondere Augenblicke, die ich mit dir erleben durfte. Und ich trinke auf meine erste große Liebe, also auf die Frau, die man nicht vergißt. Auf die, die mir bis heute den Atem raubt.«

In meinem Hinterkopf hörte ich plötzlich Jan kichern, Jan, wie er sich über solche kitschigen, filmreifen Sprüche lustig macht, Jan, der einfach nur sagt: »Ich liebe dich« und es auch so meint. Ich sah mir selbst zu, wie ich Ilja zuprostete, verlegen lächelte, zu ihm sagte: »Daß ich so etwas mal von dir hören würde, habe ich auch nicht gedacht.«

»Das ist vielleicht ein Casanova«, hörte ich Jan im Hinterkopf kommentieren, ich beobachtete mich selbst dabei, wie ich mit Ilja flirtete, ihm Komplimente zurückgab, wie zufällig seinen Arm berührte, sah, wie Ilja uns noch mehr Wein einschenkte, hörte ihn das Lied summen, das vor vielen Jahren mal »unser Lied« gewesen ist. Ich saß neben mir und glaubte nicht, was ich da tat. Glaubte nicht, daß ich es war, die sich irgendwann einmal zu Ilja beugte und ihn küßte, weil er, der große Verführer, zu lange wartete, mich zu sehr zappeln ließ. Ich küßte ihn, leidenschaftlich und so verführerisch wie möglich, und plötzlich war Jan aus meinem Hinterkopf verschwunden.

Ich weiß nicht, wie lange wir uns küßten. Zwischendrin hatte ich meine Brille auf den Nachttisch gelegt, zwischendrin hatte Ilja die Zahnputzbecher und die Weinflasche weggestellt, zwischendrin hatten wir uns hingelegt.

Als wir aufhörten, taten mir die Lippen weh, und mein Verstand war zurückgekehrt.

»Was würde deine Freundin von alldem hier halten?« fragte ich Ilja, während ich ein Stück von ihm wegrutschte, um ihn besser anschauen zu können.

»Du meinst meine Exfreundin?« fragte er zurück.

»Exfreundin? Ich meine die, mit der du zusammen bist. Die, von der du letzte Woche noch erzählt hast«, erklärte ich, bereits ein bißchen unruhig.

»Wir haben uns vor ein paar Tagen getrennt. Sie ist also meine Exfreundin.«

Ich lag einfach nur da und sagte nichts, weil ich Angst hatte, ihm die Frage nach dem »Warum« zu stellen, ich fühlte mich plötzlich allein mit meiner Schuld. Während wir uns geküßt haben, war irgendwo in meinem Hinterkopf die tragische Geschichte eines Liebespaars entstanden, das sich wegen widriger Umstände trennen mußte und sich jahrelang nicht gesehen hat. Als die beiden sich zufällig wieder begegnen, können sie nicht anders, als ihren lange Zeit unterdrückten wahren Gefühlen freien Lauf zu lassen. Nun war diese schöne Geschichte zerstört, wie eine Luftblase zerplatzt, mit einem einzigen messerscharfen Wort: Exfreundin. Was übrigblieb, war ich, die ich meinen wunderbaren, treuen, liebevollen Freund hinterging, um im betrunkenen Zustand mit meinem charmanten, unverschämt gutaussehenden, verführerischen Exfreund in einem schäbigen Hotelzimmer in Paris wie ein verknallter Teenager rumzuknutschen.

Ich starrte Ilja an, der mir gegenüber lag, seine Hand hatte, immer noch aufregend, von meiner Hüfte Besitz ergriffen, ein paar Finger bereits unter dem Oberteil, und Ilja sagte nichts.

Er lächelte mich an, strahlende Augen, seine Hand bewegte sich immer weiter unter mein Oberteil. Seine Exfreundin schien er schon längst wieder aus seinen Gedanken verbannt zu haben.

»Warum habt ihr euch denn getrennt?« fragte ich endlich, um zu verstehen, um Zeit zu schinden.

Ilja zuckte mit den Schultern, unwillig, sich über das Thema auszulassen. »Das kann man doch nicht so eindeutig sagen.«

»Dann nenn mir wenigstens einen Grund«, bohrte ich nach und ignorierte dabei seine Hand, die meinen Rücken sehr zärtlich und sehr selbstbewußt streichelte.

Ilja seufzte, hielt aber mit dem Streicheln nicht inne. »Du willst es unbedingt hören, was? Das hier ist bestimmt auch ein Grund. Nicht der einzige, aber auch einer«, sagte er und rutschte zu mir rüber, küßte mich, diesmal leidenschaftlich, fordernd. Unwiderstehlich.

Ich weiß nicht mehr, warum ich dann doch noch »nein« sagte. »Nein«, wie in einem schlechten, prüden amerikanischen Film. Ich hatte es viel zu laut gesagt, und eigentlich viel zu spät, und Ilja guckte mich erschrocken an, aber er fragte nicht nach und forderte nichts. Ilja, der Gentleman. Ilja, der Verführer, der niemals etwas gefordert, mich aber schon immer dazu gebracht hatte, daß ich etwas wollte. Ilja, der einfach nur zu mir sagte, ich könne als erste ins Bad und ob ich ihm meine Zahnpasta leihen könnte. Ilja, der mich später umarmte und mir einen Gutenachtkuß auf den Nacken gab.

Und mein schlechtes Gewissen, das sich in diesem Moment wieder meldete. Jan, der mir in meinem Traum Blumen schenkte, was er in der Realität fast nie tut.

Neununddreißig

Seit der Perestroika gibt es in den Petersburger Museen und Theatern zwei Kassen. In einer zahlt man mit Dollar, in der anderen mit Rubel. Die Schlange vor der Dollarkasse ist erheblich kürzer, egal, wie viele westliche Touristen nach Rußland kommen, ihr Strom ist nicht mit der Anzahl der Petersburger vergleichbar, für die ein kulturelles Programm mit Ausstellungen, Stadtführungen, Konzerten oder Theater am Wochenende zum Leben gehört. Auf Kultur wird in Rußland viel Wert gelegt. Mein erstes Theaterabonnement für Kinder habe ich mit vier Jahren geschenkt bekommen. Die Eintrittskarten für die Ausländer sind teurer, so unvorstellbar teuer für uns, daß keiner aus der russischen Schlange auf die Idee kommen würde, sich für die andere Kasse anzustellen. Aus westlicher Sicht und verglichen mit den Preisen in Amerika oder Deutschland kostet alles nur Pfennige.

Das Schönste am Theater ist, egal, wie gut das Stück ist, der Applaus am Schluß. Ich klatsche immer so laut, daß meine Hände ganz rot sind. Vor dem Theaterstück bettle ich meine Eltern immer an, sie mögen bitte Blumen kaufen, die ich am Ende des Theaterstücks den Schauspielern überreichen kann. »Man muß ihnen für die Arbeit danken. Sie strengen sich so sehr an, uns zu gefallen«, argumentiere ich besserwisserisch. Zur Bühne zu laufen und den Strauß nach oben zu reichen ist ein aufregendes, unvergeßliches Gefühl, ein bißchen so, als wäre ich selbst Schauspielerin.

Das Zweitbeste am Theater ist die Pause. Man kann sich das Theatergebäude anschauen, bis vor die Bühne zum Orchestergraben laufen, all die herausgeputzten, wunderschönen Menschen um einen herum bestaunen, sich ein Programmheft kaufen. Und dann das Café. Das ist das Beste überhaupt. Die Schlange ist riesengroß, es gibt Getränke und belegte Brote, die nicht besonders gut schmecken, aber es ist so aufregend, im Theater zu essen.

Neuerdings gibt es im Theatercafé zwei Theken. Eine ist für die Ausländer. Meine beste Freundin Nadja und ich laufen an der Schlange vorbei zur Theke und schauen uns an, was es heute gibt, während meine Mutter, die uns mit ins Ballett genommen hat, sich hinten anstellt. Käsebrote auf der einen Seite, auf der anderen wunderschön mit Salat und Tomaten garnierte Lachs- und Kaviarschnittchen. Roter Lachskaviar auf frischem Baguettebrot.

»Wir wollen einmal mit Lachs und einmal mit Kaviar«, erklären wir meiner Mutter nach unserer Erkundungstour.

Meine Mutter schaut uns kurz an, verlegen irgendwie, und sagt dann: »Ich kaufe euch zwei Käsebrote und Limonade. Kommt, stellt euch an, sonst schaffen wir es nicht mehr, bevor die Pause zu Ende ist.«

»Aber wir wollen die anderen. Da ist auch eine Tomate drauf«, argumentiere ich. Käse haben wir auch zu Hause, was soll ich mit Käse?

»Ja, und es ist auch ganz viel Kaviar auf dem Brot«, unterstützt mich Nadja. Wir hüpfen von einem Bein aufs andere.

»Und wir sind doch im Theater!« setze ich drauf. Ich darf nicht um Essen und Spielzeug betteln, weil ich weiß, daß meine Eltern kaum Geld haben. Ich will sie nicht verletzen, ich weiß, daß sie mir am liebsten die ganze Welt schenken würden. Es ist ein ungeschriebenes Gesetz in der Familie. Ein anderes lautet aber, daß man in der Aufführungspause im Café was zu essen bekommt. Weil das doch dazugehört. Wie der Applaus am Ende des Stücks.

Meine Mutter weiß das auch. »Ich kaufe euch jetzt die Käsebrote, aber nach dem Theaterstück gehen wir noch Eis essen, wie wäre das?« fragt sie.

»Nein, dann sind wir doch nicht mehr hier«, erkläre ich ungeduldig. Die Pause ist doch bald zu Ende, kann sie das nicht verstehen? Vielleicht sind die Sachen einfach zu teuer.

»Wir müssen dann auch ganz lange nicht mehr ins Theater, nur dieses eine Mal, bitte! Und zum Geburtstag will ich auch nichts haben!« versuche ich zu handeln.

»Wißt ihr«, meine Mutter geht in die Knie, damit sie uns in die Augen schauen kann, »wir dürfen die Sachen nicht kaufen. Die sind nur für Ausländer. Ich würde sie euch gerne kaufen, aber das geht leider nicht.« Sie sieht sehr traurig aus, als sie das sagt.

Ich nehme Nadjas Hand und drücke sie, damit sie nicht anfängt zu weinen. Mir ist selbst nach Weinen zumute.

»Okay, dann nehmen wir die Käsebrote und nachher das Eis, ja, Nadja?« sage ich möglichst munter. Sie hat verstanden und lächelt.

»Ja, ich habe noch nie spätabends Eis gegessen!« sagt sie kichernd.

Zwei Tränen kullern meine Wange hinunter, zwei ganz kleine. Die bemerkt meine Mutter bestimmt nicht.

Vierzig

Plötzlich ist Sankt Petersburg voller westlicher Touristen. Sie besuchen Theater und Museen, machen Stadtrundfahrten auf dem Boot, fotografieren fast jedes Gebäude und sind erstaunt darüber, wie billig alles ist. Dennoch, das billige russische Essen kaufen sie nicht. Plötzlich sprießen Läden aus dem Boden, deren Regale voll mit westlichen Produkten sind, von Schokoriegeln bis hin zu eingeflogenem Gemüse. Zahlen kann man in solchen Läden nur mit Dollar.

Ein neues Spiel macht die Runde unter Kindern: Wir zählen die ausländischen Autos, die wir sehen. Bis zu meiner Ausreise bin ich bei dreihundertvierundzwanzig.

Auf dem Weg von der Schule nach Hause sprechen uns amerikanische Touristen an. Sie sind dick und tragen Käppis, die unser Traum sind, außerdem T-Shirts mit englischsprachigen Schriftzügen. Sie wollen uns nach dem Weg fragen und versuchen es mit Hilfe ihrer Reiseführer auf russisch, aber wir sagen sehr stolz: »We speak English.« In Rußland ist das eine Seltenheit. Wir gehen schließlich auf eine »Englische Schule«.

Sie wollen in die Innenstadt, und wir erklären ihnen, wie sie zur Metro kommen. Sie sind ganz begeistert von uns kleinen, süßen russischen Kindern, die Englisch sprechen, und kramen in ihren Taschen nach Geschenken für uns. Ich weiß, daß es ziemlich unwahrscheinlich ist, daß sie ihre Käppis ausziehen und sie uns schenken, aber ich hoffe trotzdem darauf.

Sie tun es nicht. Dafür holen sie Werbekugelschreiber aus ihren Taschen und geben sie uns. Sie sind wohl schon seit ein paar Tagen in Rußland und haben kapiert, daß hier alles mit einem lateinischen Schriftzug angesagt ist. Die Kugelschreiber stammen von einem amerikanischen Friseurladen, entziffern wir später.

Am nächsten Tag sind Nadja und ich mit unseren Kugelschreibern die Helden der Schule.

Einundvierzig

Ich wache davon auf, daß in der Küche Geschirr klappert. Ich brauche ein paar Sekunden, um mich daran zu erinnern, wo ich bin und was passiert ist, aber sobald ich es wieder vor Augen habe, würde ich mir am liebsten die Decke über den Kopf ziehen und wieder so fest einschlafen, daß ich über nichts nachdenken muß.

Das geht leider nicht, ich bin hellwach. Neben dem Geschirrklappern höre ich auch leise Musik, Jan ist nach Hause gekommen und wäscht ab. Ich schaue auf den Wecker, der neben dem Bett steht. Es ist nach neunzehn Uhr, ich habe den ganzen Tag geschlafen. Trotzdem habe ich Kopfschmerzen und fühle mich erschlagen. Vielleicht ist es nicht die Müdigkeit, sondern das schlechte Gewissen. Ich traue mich nicht in die Küche.

Es dauert noch zehn Minuten, bis ich aufstehe, ich ziehe mir eine Jeans an, lasse aber Jans T-Shirt an und laufe barfuß in die Küche. Ich sehe bestimmt völlig verstrubbelt aus. Jan bemerkt nicht, daß ich in die Küche komme, die Musik ist zu laut. Ich bleibe kurz in der Tür stehen, er wäscht mit dem Rücken zu mir ab und summt die Melodie des Liedes mit. Der Backofen ist an, darin steht eine Auflaufform. Am liebsten würde ich ihn jetzt von hinten umarmen, ihm die Augen zuhalten und fragen, wer das wohl hinter ihm ist, ich würde ihn gerne erschrecken und damit zum Lachen bringen. Ich traue mich nicht.

»Hallo!« sage ich. Hoffentlich hört sich meine Stimme wie immer an.

»Hey!« Jan dreht sich um. Er strahlt. Wir gehen aufeinander zu, Jan drückt mich und gibt mir einen Kuß. Ganz zärtlich. Dann hebt er mich in die Luft.

»Endlich bist du wieder da!« sagt er. »Die Wohnung war ganz schön leer ohne dich!« Sein Gesicht ist ein einziges Strahlen, plötzlich guckt er sehr verliebt. Vielleicht guckt er auch immer so, und ich habe es nur nicht gemerkt.

»Ich habe dich auch vermißt!« sage ich. Was die Wahrheit ist.

»Ich mache uns gerade Gemüseauflauf. Ohne dich habe ich mich nur von Tiefkühlpizzas ernährt, da dachte ich, ich mache heute mal was Richtiges für uns«, erzählt Jan und wendet sich wieder der Spüle zu. »Müßte bald fertig sein. Ich mache den Abwasch fertig, und beim Essen erzählst du mir von deiner Reise, ja?«

Ich nicke, was er nicht sieht, weil er mit dem Rücken zu mir steht. »Ja«, sage ich. Er sieht gut aus in seiner verwaschenen Jeans und dem rot-blau gestreiften Hemd, das wir zusammen für ihn ausgesucht haben. Wahrscheinlich hat er es angezogen, weil er weiß, wie gerne ich es mag.

Ich hasse mich selbst.

»Ich gehe jetzt erst einmal unter die Dusche, ich bin noch gar nicht richtig wach«, sage ich. Ich drehe mich um und will aus der Küche gehen, aber plötzlich ist Jan hinter mir und gibt mir einen Kuß auf den Nacken.

»Bis gleich, Anjetschka«, sagt er.

Ich dusche so kalt, wie ich es aushalte. Ich muß wach werden und klar denken, außerdem muß ich Ilja abwaschen, das Gefühl seiner Hände auf mir. Ich habe Gänsehaut, als ich mich abtrockne, aber Iljas Berührungen sind immer noch da. Vielleicht verschwinden sie, wenn ich mit Jan schlafe.

Als ich in die Küche komme, hat Jan schon den Tisch gedeckt. Er hat sogar eine Kerze angezündet, mein unromantischer Jan. Ich trage immer noch sein viel zu großes T-Shirt.

»Was ist denn los? Du bist doch sonst nicht für Candle-Light-Dinner zu haben?« frage ich.

»Das ist auch kein Candle-Light-Dinner, das ist eine einzelne Kerze. Außerdem mache ich so was öfter, du bemerkst es nur meistens nicht, weil du zu sehr damit beschäftigt bist, darüber nachzudenken, wie freundschaftlich und unromantisch unsere Beziehung ist«, antwortet Jan und gibt mir einen Kuß.

Ich lächle ihn an und komme mir falsch dabei vor.

Ich setze mich hin. Der Auflauf sieht verlockend aus, aber ich habe keinen Hunger.

»Ich würde am liebsten Bier trinken, oder willst du, daß wir einen Wein aufmachen?« fragt Jan.

»Nein, trink ein Bier. Ich glaube, ich möchte überhaupt nichts Alkoholisches. Ich trinke einen Saft«, sage ich.

»Okay.« Jan holt Bier für sich und eine Flasche Apfelsaft für mich. Weil ich ihn nicht enttäuschen will, verschweige ich, daß ich keinen Hunger habe, und lasse mir eine große Portion Auflauf geben.

»So, und jetzt will ich alles über Paris hören. Wie war es mit den Russen?« fragt Jan, nachdem wir uns zugeprostet haben.

Ich erzähle ihm von Paris, berichte von dem vielen Essen, das im Bus ausgetauscht wurde, und bringe ihn damit zum Lachen. Ich versuche möglichst witzig zu sein. Iljas Namen erwähne ich kein einziges Mal. Jan lacht und strahlt mich glücklich an. Ich weiß, ich muß ihm von Ilja erzählen, will aber nicht, daß das Lachen aus seinem Gesicht verschwindet.

Jan erzählt mir von dem Essen mit seinem Chef. Es ging um ein neues Forschungsprojekt, das er mitbetreuen soll. Ich lasse mir genau erklären, worum es geht, obwohl mich Chemie nicht interessiert und ich kaum etwas verstehe.

Wir unterhalten uns lange, lachen viel, und ein paarmal streichelt Jan meine Hand. Ehe ich es mich versehe, habe ich tatsächlich den ganzen Teller Auflauf aufgegessen und nehme mir noch mehr. Ich verdränge Ilja und Paris aus meinem Kopf. Vielleicht erzähle ich ihm auch gar nichts, ich will Jan ja nicht verletzen. Mir geht es langsam besser.

»Anjetschka, du weißt, daß du mir alles sagen kannst«, sagt Jan plötzlich. Er hat sich ein zweites Bier geholt.

Ich bin perplex, starre ihn an. »Was meinst du damit?« frage ich. Zittert meine Stimme?

»Daß du mir erzählen solltest, was zwischen dir und Ilja passiert ist.«

Ich schweige. Ich habe einen Kloß in meinem Hals. Nun ist es soweit. Trennen wir uns jetzt? Plötzlich kommt mir alles so unwirklich vor, das Essen und die gute Unterhaltung gespielt, Jans Worte nur erfunden. Ich sage nichts. Jan trinkt einen kleinen Schluck von seinem Bier. Auch die Stille zwischen uns ist unwirklich.

»Hast du mit ihm geschlafen?« fragt Jan nach einer Weile.

»Nein!« rufe ich aus, es klingt erstaunlich laut nach dem Schweigen.

Jan fragt nichts weiter, in seinen Augen kann ich keine Erleichterung erkennen.

»Aber wir haben uns geküßt«, erzähle ich, als die Stille unerträglich wird.

Jan antwortet erst mal nicht. Er reißt das Etikett von der Bierflasche ab, es ist Jever, Jans geliebtes norddeutsches Bier.

»Ich wollte nicht mit ihm schlafen«, füge ich hinzu, was nicht ganz der Wahrheit entspricht.

»Ich wußte, daß du ihn toll findest. Und ich hatte Angst, daß zwischen euch etwas passieren würde«, sagt Jan.

»Du hast es gewußt?« Ich bin völlig überrascht.

Jan nickt. Er rollt das Flaschenetikett zu einer Kugel zusammen.

»Warum hast du nichts gesagt? Warum hast du mich nach Paris fahren lassen?«

»Du bist ein erwachsener Mensch. Du entscheidest selbst, wohin du fährst. Außerdem muß man manchmal jemanden gehen lassen, damit dieser jemand zurückkommt. Von sich aus zurückkommt.« Das ist einer von diesen Postkartensprüchen. Jan spricht sonst nie so. Er guckt mich an. Nicht traurig, sondern distanziert. Das tut weh.

Ich weine. Die Tränen fließen über mein Gesicht, und ich wische sie nicht ab. Ich wünschte, ich hätte Ilja nicht wiedergetroffen, am liebsten wäre es mir, ich hätte ihn niemals kennengelernt. Ich wünsche mir unser schönes Leben zurück, unsere Albereien und unsere Freundschaft, ich wünsche mir meinen liebevollen Jan zurück. Er guckt immer noch distanziert. Er nimmt mich auch nicht in den Arm, was er sonst immer tut, wenn ich weine.

»Und was nun?« frage ich.

»Keine Ahnung. Was sagst du denn?«

Ich weiß nicht, was ich sagen soll. Ich will mein Leben mit Jan zurück. Aber ich weiß nicht, ob ich Ilja widerstehen könnte, wenn ich ihn wieder sehe. Ich zucke mit den Schultern und schluchze.

»Ich will mich nicht von dir trennen. Ich liebe dich. Und ich glaube, daß auch all dieser Streß irgendwie dazugehört. Aber du mußt herausfinden, was du wirklich willst«, sagt Jan. Er hört sich ernst an, so ungewohnt ernst.

»Ich liebe dich auch«, sage ich. Das weiß ich nun sicher. Ich weiß aber auch, daß Jan nie die gleichen Gefühle in mir wecken wird wie Ilja. Nicht diese Aufregung, nicht dieses Herzklopfen. Ich bin ehrlich, versuche, es Jan zu erklären.

»Schau mal, Anjetschka, wir haben unsere schönen, romantischen Momente. Manchmal haben wir Herzklopfen, aber wir leben zusammen, wir sehen uns jeden Tag, wir können nicht ständig aufgeregt sein, wenn wir einander sehen. Das wäre sehr anstrengend. Ich jedenfalls bin sehr glücklich mit dir. Ob du es auch mit mir bist, mußt du wissen«, sagt Jan.

Ich sage nichts dazu. Wir schweigen uns noch eine Weile an.

»Jetzt müssen wir, glaube ich, einfach sehen, was passiert«, sagt Jan und stellt die inzwischen leere Bierflasche auf den Tisch. »Ich bin müde, ich würde gern fernsehen, was meinst du?«

Wir sehen uns einen Krimi an, Jan sitzt im Sessel

und ich auf der Couch. Wir berühren uns nicht. Zwischendrin klingelt mein Handy, eine SMS ist gekommen, aber ich lese sie nicht, weil ich Angst habe, sie könnte von Ilja sein.

Als ich nach dem Zähneputzen ins Bett krieche, liest Jan. Ich lege mich neben ihn, traue mich aber nicht, ihn anzufassen.

»Kannst du überhaupt einschlafen?« fragt er. »Du hast doch den ganzen Tag geschlafen.«

»Ja, ganz bestimmt«, antworte ich. Und füge rasch hinzu: »Die Busfahrten waren ziemlich anstrengend. Ich habe kaum ein Auge zugemacht.«

»Na, dann laß uns schlafen.« Jan knipst das Licht aus. Ich drehe mich auf die Seite. Ein paar Sekunden lang bleibt Jan auf dem Rücken liegen, dann dreht er sich zu mir, schlingt seine Arme um mich und gibt mir einen Gutenachtkuß auf den Nacken.

Zweiundvierzig

»Weißt du«, keucht Jan schlecht gelaunt, »Wanderwege haben ihren Sinn, und diese bunten Dreiecke und Kreise an jeder Wegzweigung, die haben auch ihren Zweck.«

Ich reagiere nicht und laufe weiter.

»Und außerdem ist es auch nicht gut für die Natur, wenn wir die Wanderwege verlassen«, fügt Jan hinzu und bleibt stehen.

Plötzlich höre ich kein Blätterrascheln mehr hinter mir.

Ich drehe mich nicht um. Ich laufe weiter, soll er mich doch einholen.

»Warum kann man mit dir nicht einfach ganz normal wandern gehen?« seufzt Jan.

Ich kraxele den Hügel weiter hoch, halte mich dabei an den Wurzeln fest. Nach einer Weile drehe ich mich um. »Man kann sich in einem Wald nicht verirren, glaub mir, Schatz«, erkläre ich Jan, so ruhig ich kann. Er sieht süß aus, so außer Atem, in seiner roten Regenjacke und mit schweißnassen Haaren in der Stirn.

»Woher willst du denn wissen, daß es weiter oben Pilze gibt?« mault Jan wie ein kleines Kind.

»Weil ich es weiß. Schau dir den Boden an und die Bäume, daran erkennt man das. Und weiter oben ist mehr Licht, da sind bestimmt Pfifferlinge und Steinpilze«, erkläre ich ihm.

»Weißt du vielleicht auch jetzt schon, unter welchem Baum sie wachsen?« fragt Jan. Ich meine, Spott in seiner Stimme zu hören.

Ich drehe mich um und laufe weiter. Es ist sehr schwer, einen Freund zu haben, der Angst hat, sich in einem Wald zu verirren, der Pilzen gegenüber skeptisch ist und keine Heidelbeeren sammeln würde aus Angst vor einem Bandwurm. Es ist sehr schwer, nicht an Ilja zu denken, der mir in Paris erzählt hat, daß es hier Pilze gibt, mit einer Begeisterung in seiner Stimme und seinen Augen, die mich dazu gebracht hat, hier rauszufahren. Pilze sammeln ist eine russische Leidenschaft.

Ich höre die Herbstblätter unter meinen Füßen rascheln, spüre den weichen Boden, der genau richtig nachgibt, und fühle mich zu Hause. Wie kann man sich hier verirren? Jeder Baum ist anders, jeder Grashalm ist wie ein Straßenschild. Wie kann man kein Gefühl dafür haben, wo welche Pilze wachsen?

August war der Pilzmonat. Mein Vater versuchte immer, seinen Urlaub im August zu nehmen, um dann auf der Datscha zu sein. Jeder Vater versuchte das. Mein Vater weckte mich kurz vor sechs Uhr morgens, wenn er mit meinem Bruder Pilze sammeln ging, liefen sie sogar um fünf Uhr früh los. Die erste halbe Stunde schlafwandelte ich vor mich hin und wunderte mich darüber, wie munter und wach mein Vater, mein Bruder und Asta waren. Auf dem Weg zum Wald, zu den guten Stellen, trafen wir andere Pilzesammler, alles Konkurrenten, abschätzende Blicke flogen hin und her. Wenn jemand seinen Korb zu verdecken versuchte, bedeutete das, daß er entweder peinlich wenig gefunden hatte oder eine besonders gute Stelle mit besonders vielen Pilzen entdeckt hatte. Jeder hatte seine Stellen und seine Bäume, die man jedes Jahr wieder aufsuchte. Ich versuchte, mir meine eigenen zu suchen, um nicht mit meinem Vater und meinem Bruder zu konkurrieren, aber das war schwierig. Unter den Kindern in meinem Alter war ich dafür, was die Zahl »meiner Pilzstellen« anging, ganz vorne mit dabei.

»Was haben Sie gefunden?« fragte man die anderen Pilzesammler. Oder auch: »Sind dort hinten Pilze?«

Die Antworten waren oft ausweichend, jeder hatte seine Geheimnisse, und herauszufinden, was der Konkurrent zu verschweigen versuchte, gehörte zum Spaß am Sammeln.

Sehr beneidenswert war der Nachbar, der seinem Schäferhund beigebracht hatte, an Pilzen zu schnüffeln und dann welche zu suchen. Er bellte ganz laut, wenn er etwas gefunden hatte. Unsere zahlreichen und unermüdlichen Versuche, Asta in diese Richtung zu trainieren, scheiterten. Sie rannte wie eine Verrückte durch den Wald, wälzte sich im Gras, begrüßte freundlich alle Konkurrenten, wollte, daß wir ihr Stöcke zuwarfen, und weigerte sich standhaft, sich für Pilze zu interessieren.

Wochenlang standen wir in aller Frühe auf und wandelten stundenlang durch den Wald. Wochenlang kochten meine Mutter und meine Großmutter Pilzsuppe, legten Pilze ein, marinierten sie, wochenlang briet mein Vater sein berühmtes Kartoffel-Pilz-Gericht in der Pfanne. Wir wurden der Pilze nicht überdrüssig, nur Asta mochte sie nicht.

In Deutschland kaufte mein Vater ein Pilzbuch und stellte erstaunt fest, daß hier ganz andere Pilze als giftig gelten als in Rußland. Wenn wir in Deutschland Pilze sammelten, versuchte mein Vater, mit den wenigen Pilzesammlern, die wir trafen, ein Gespräch anzufangen. »Was haben Sie gefunden?« fragte er, und einmal versuchte er, einem Ehepaar zu erklären, daß es die falschen Pilze im Korb hatte. Ich entfernte mich immer, peinlich berührt, so weit wie möglich, wenn mein Vater Leute ansprach, die sich gar nicht unbedingt unterhalten wollten.

Zu Hause bereitete mein Vater sein berühmtes Kartoffel-Pilz-Gericht zu. Er briet es stolz, wenn meine Eltern Besuch von deutschen Freunden bekamen. Die meisten von ihnen kannten nur Pfifferlinge und Champignons vom Wochenmarkt und vertrauten den Pilzkenntnissen meines Vaters nicht. Sie lehnten höflich ab, sie hätten keinen Hunger.

»Aber es sind doch Pilze!« versuchte mein Vater es noch einmal, erstaunt darüber, daß jemand so etwas nicht mögen konnte. Ich wünschte mir eine deutsche Familie.

Ich finde meinen ersten Pilz, sobald wir an der Lichtung ankommen. Er ist von einem Blatt verdeckt, aber ich habe das Gefühl, daß unter diesem Baum Pilze sein könnten, und als ich diesen entdecke, stoße ich einen Freudenschrei aus, ich habe es noch nicht verlernt.

»Schau mal, Jan, ich habe einen! Guck mal, wie schön er ist!«

Jan lächelt, gibt mir einen Kuß. »Er ist wunderwunderschön«, sagt er, übertrieben begeistert.

Seit unserem Gespräch sind fünf Tage vergangen. Wir sind in unseren alten Trott zurückgefallen. Über Ilja haben wir nicht mehr geredet. Es ist alles wie immer, aber wir schlafen nicht miteinander. Ilja hatte mir mehrere Nachrichten geschickt und zweimal versucht mich anzurufen, aber ich will mich nicht mit ihm treffen und ignoriere seine Kontaktversuche.

»Wir müssen an unterschiedlichen Stellen suchen«, erkläre ich Jan. »Du bleibst hier in der Nähe, und ich laufe ein Stück in diese Richtung.«

»Und wie finden wir uns dann?«

»Ich bin ja nicht weit weg. Ich rufe einfach nach dir.«

Es ist ein guter Pilzsommer. Es hat viel geregnet, war aber nicht zu kalt. Das ist wichtig für Pilze. In einer halben Stunde habe ich genug für ein Abendessen gesammelt.

»Jan«, rufe ich so laut wie möglich.

»Hier«, schreit er zurück. Ich laufe in seine Richtung.

»Hier bin ich!« ruft er noch mehrmals. Dabei bin ich schon fast bei ihm.

»Ich habe nach dir gerufen, und du hast mich nicht gehört«, sagt er, als er mich sieht. Er sieht ein bißchen verloren aus, sehr süß.

»Ich habe es nicht gehört. Du mußt richtig laut schreien.«

»Aber ich habe ganz viele Pilze gefunden! Ich wußte allerdings nicht, welche giftig sind, also habe ich alle mitgenommen.« Jan zeigt mir seine Funde. Die meisten Pilze sind giftig oder voller Würmer.

»Und?« fragt Jan. Er sieht stolz und aufgeregt aus, als hätte ihm das Sammeln Spaß gemacht.

»Das hast du toll gemacht!« sage ich. »Wir essen heute abend Pilze mit Kartoffeln, nach Art meines Vaters.«

Dreiundvierzig

Viele ihrer deutschen Freunde lernen meine Eltern im Wohnheim kennen. Meistens sind es Menschen, die ehrenamtlich etwas Gutes für Kontingentflüchtlinge tun wollen, teilweise christliche Menschen, die über ihre Kirche erfahren, daß Juden in Ludwigsburg leben. Am Anfang wollen sie allen Juden im Wohnheim helfen, aber im Laufe der Zeit entwickeln sich richtige Freundschaften zwischen ihnen und meinen Eltern. Aus dem ungleichen Verhältnis zwischen helfenden Christen und armen Flüchtlingen werden gleichberechtigte, respektvolle Freundschaften.

Ein pensionierter Jurist gibt meiner Großmutter und einer anderen älteren Frau aus dem Wohnheim Deutschunterricht. Sie sind zu alt für den Sprachkurs, an dem alle anderen Heimbewohner teilnehmen müssen. Meine Großmutter und ihre Freundin lesen Kinderbücher für Erstkläßler. Er kommt jede Woche ins Wohnheim, und wir müssen alle das Zimmer räumen, wenn sie Unterricht haben.

Es ist kurz vor Weihnachten. Der Großmütter-Unterricht ist vorbei, wir wünschen dem Mann alle schöne

Weihnachten, er verabschiedet sich für zwei Wochen. Ich gehe auf den Hof zum Spielen. Vor der Wohnheimtür stehen zwei riesige Kartons, einer für meine Großmutter, einer für die andere alte Dame. Das gesamte Wohnheim versammelt sich in der Küche, alle sind gleichermaßen aufgeregt, die Kinder und die Erwachsenen. In den Kartons sind Weihnachtsgeschenke, hauptsächlich Süßigkeiten: Stollen, Lebkuchen, Schokoladennikoläuse (die werde ich niemals essen, die sind viel zu schön), Weihnachtsplätzchen, lauter Köstlichkeiten, die wir noch nie gesehen haben. Sie sind alle in buntes Weihnachtsgeschenkpapier gewickelt, alle einzeln. Es sieht wunderschön aus.

Aber warum haben die alles einzeln eingepackt? So viel wunderschönes Papier verschwendet? Das muß doch ein Vermögen gekostet haben! Es muß einen Grund geben. Vielleicht, vielleicht werden die Sachen schlecht, wenn man sie nebeneinanderlegt? Vielleicht muß man sie durch Papier voneinander trennen? Aber warum nehmen sie dann das schöne Papier dafür?

Der Jurist und seine Frau freunden sich mit meinen Eltern an, »mein Freund«, sagt mein Vater immer wieder zu ihm, und sie klopfen einander auf die Schultern. Deutschland wird langsam, aber sicher zur Heimat.

Auch Frau Dimmer kommt zu uns ins Wohnheim. Frau Dimmer ist eine meiner Lehrerinnen, die von der

Grundschulleiterin Frau Kraus beauftragt wurde, mir zusätzlichen Förderunterricht zu geben: Ausländische Kinder lernen nämlich nachmittags Deutsch mit einer dafür ausgebildeten Lehrerin.

Weil ich nicht genau verstanden habe, wozu ich um zwei Uhr noch einmal zur Schule kommen muß und weil ich unangenehme Erfahrungen mit dem Schwimmunterricht gemacht habe, nehme ich nachmittags Bücher für alle Fächer, außerdem Schwimm- und Sportsachen mit. Es stellt sich heraus, daß ich gar nichts hätte mitbringen müssen. Es sind nur noch ein paar Wochen bis zu den Sommerferien, und deshalb lädt Frau Dimmer ihre Förderklassenkinder zu sich nach Hause ein. Wir laufen von der Schule aus los, und am Anfang habe ich ein bißchen Angst, entführt zu werden oder nachher nicht mehr nach Hause zu finden. Bei Frau Dimmer gibt es Erdbeerkuchen, und wir spielen Kniffel. An diesem Nachmittag lerne ich den Satz »Du bist dran«. Frau Dimmer macht Fotos von uns beim Spielen.

Wie sich später herausstellt, verteilt sie Abzüge davon am letzten Schultag vor den Ferien an die Kinder. Weil ich aber in der letzten Woche die Schule schwänze, besorgt sie sich über die Schulleitung unsere Wohnheimadresse und bringt mir die Bilder vorbei.

»Da ist eine deutsche Frau, die nach dir sucht«, sagt mir eine Nachbarin. Ich gehe zusammen mit meiner Mutter hinaus. Als ich Frau Dimmer draußen auf unserem Wohnheimgelände stehen sehe, Frau Dimmer, die in einem feinen Haus mit Garten wohnt und Erdbeerkuchen selbst backt, fängt mein Herz an zu klopfen.

»Das ist diese Lehrerin, bei der ich zu Hause war«, flüstere ich meiner Mutter zu, während wir auf sie zugehen. Hoffentlich kommt sie nicht, um meiner Mutter zu sagen, daß ich gelogen habe, daß ich gar nicht befreit war von den letzten Schultagen.

»Du warst nicht mehr in der Schule, und ich wollte dir diese Fotos vorbeibringen«, sagt Frau Dimmer. Sie ist mit dem Fahrrad da.

Ich nicke. Meine Mutter stößt mich an. »Danke«, sage ich.

»Sind Sie Anjas Mutter?« fragt Frau Dimmer.

»Ja«, antwortet meine Mutter. Sie lädt Frau Dimmer zu uns ins Zimmer ein, auf einen Kaffee. Ich will das nicht, ich schäme mich, aber Frau Dimmer geht mit, trinkt Kaffee und ißt Kekse.

»Was machst du denn in den Ferien?« fragt Frau Dimmer mich, bevor sie geht. Ich zucke mit den Schultern.

»Ich wollte nächste Woche Fensterbilder basteln, magst du mir vielleicht helfen?« fragt sie.

Ich schaue meine Mutter an, ich verstehe nicht, wobei ich helfen soll.

Meine Mutter sagt »ja« für mich. Frau Dimmer lädt

meine Mutter ein mitzukommen, wenn ich sie zum Basteln besuche.

Ich bastele einen bunten Papagei als Fensterbild. Er macht unser Wohnheimzimmer freundlicher, finde ich. Meine Mutter und Frau Dimmer freunden sich an.

Vierundvierzig

Meine Eltern mieten anderthalb Jahre später eine Wohnung. Ich gehe inzwischen in die fünfte Klasse eines Gymnasiums, spreche ein fehler- und akzentfreies Deutsch und bin sogar bei Diktaten Klassenbeste. Ich kann es kaum erwarten, bis wir in die neue Wohnung einziehen. Dann kann ich meine neuen Freunde aus dem Gymnasium endlich auch mal zu mir einladen. Es dauert vier Monate, bis wir in die Wohnung ziehen, sie muß renoviert werden. Jeden Nachmittag spazieren meine Großmutter und ich zu unserem zukünftigen Haus, um zu schauen, wie die Arbeiten vorankommen. Mein Vater malt mehrere Pläne von der Wohnung, und abends sitzen wir alle am Tisch und planen die Einrichtung.

Die Wohnung kommt uns riesengroß vor, sie hat vier Zimmer. Mein Bruder studiert inzwischen in Berlin, es gibt also das Schlafzimmer meiner Eltern, ein Wohnzimmer, das Zimmer meiner Großmutter und mein eigenes Zimmer. Mein eigenes Zimmer. Jeden Tag freue ich mich darauf. Es ist mit hellen Kiefernmöbeln eingerichtet, genauso wie die Zimmer meiner Schulfreunde.

Abends, wenn meine Eltern mir gute Nacht gesagt und die Tür hinter sich geschlossen haben, die Tür zu meinem eigenen Zimmer, mache ich noch mal das Licht an und schreite durch mein Zimmer. Es ist riesengroß.

Einmal, als ich nachts noch einmal aufstehe, um auf die Toilette zu gehen, sehe ich meine Mutter und meine Großmutter, die im Wohnzimmer stehen.

»Was ist los?« frage ich verschlafen. »Warum seid ihr noch wach?«

»Nichts, wir berühren nur die Wände. So viele Wände, die wir mit niemandem teilen müssen«, sagt meine Mutter.

»Ich gehe jetzt in mein eigenes Zimmer«, sagt meine Großmutter, »eigenes« dabei betonend.

Ich gehe ins Bad, ein Bad nur für unsere Familie.

Ab da wird alles gut. Meine Eltern finden Arbeit. Sie arbeiten zwar nicht als Ingenieure wie in Rußland, mein Vater ist nun Elektromechaniker und meine Mutter Buchhalterin, aber es ist egal, sie gehen jeden Tag zur Arbeit wie jeder Mensch. Meine Großmutter fliegt nach Rußland, um ihre Schwester wiederzusehen und ans Grab meines Großvaters zu gehen, und als sie zurückkommt, sagt sie: »Wie schön, wieder zu Hause zu sein.« Ich veranstalte an meinem Geburtstag eine große Party in unserer Wohnung, zu der ich all meine deutschen Freunde aus der Schule einlade. Zum Wohnheim gehe ich nie wieder.

Fünfundvierzig

Ilja fängt mich an der Uni ab. Er steht vor dem Vorlesungssaal mit einer Rose in der Hand, und ich frage mich, woher er wußte, daß ich an dieser Vorlesung teilnehme. Ich bin in erster Linie überrascht, aber ich freue mich auch. Das gefällt mir nicht.

»Wenn der Berg nicht zu Mohammed kommt, geht Mohammed zum Berg«, sagt Ilja auf russisch, als ich auf ihn zukomme. Es ist ein altes russisches Sprichwort. Er gibt mir einen Kuß auf die Wange und hält mir die Rose hin.

»Du bezeichnest mich als Berg?« antworte ich, weil ich nicht weiß, was ich sonst sagen könnte, und: »Danke für die Rose.« Es ist eine langstielige rote Rose. Blumen schenken ist von großer Bedeutung unter Russen, mein Bruder bringt sogar mir und meiner Mutter immer wieder Blumen mit. Jan findet es altmodisch, Blumen zu schenken, und tut es dementsprechend selten.

»Du hast mir nie geantwortet«, sagt Ilja.

»Ich mußte über einiges nachdenken.«

»Über das, was zwischen uns passiert ist?«

»Ja.«

Wir stehen mitten im Gang, ich halte die Rose in meiner Hand, und die an uns vorbeilaufenden Studenten schauen uns an.

»Laß uns rausgehen«, schlage ich vor.

»Ich könnte dich zum Mittagessen einladen«, sagt Ilja.

Ich bin eigentlich mit Lara zum Essen verabredet, ich wollte mit ihr über Ilja sprechen, aber das erzähle ich ihm nicht. Ich überhöre seine Einladung erst mal. Am Eingang stehen so viele Leute, daß Ilja und ich kurz aneinandergedrängt werden, es ist nur ein Augenblick, in dem wir uns berühren, aber er reicht aus, damit ich seinen Duft rieche und ihn plötzlich wieder unwiderstehlich finde.

»Willst du mir sagen, was bei deinen Überlegungen herausgekommen ist?« fragt Ilja, als wir draußen sind.

»Nicht viel«, antworte ich.

»Ich weiß, daß du schon sehr lange mit Jan zusammen bist«, beginnt Ilja. »Aber das, was zwischen uns ist, das, was zwischen uns schon immer war ... Ich weiß nicht, wie ich das sagen soll. Auch auf die Gefahr hin, daß es sich blöd und kitschig anhört, glaubst du nicht, daß es so sein sollte, daß wir uns wiedertreffen mußten?«

Das habe ich mich auch schon gefragt. Laut sage ich es nicht, ich will nichts sagen, was meinen Anti-Ilja-Schutzschild brechen könnte.

»Du mußt nicht darauf antworten«, sagt Ilja, als ich schweige. »Aber laß uns jetzt was essen gehen.« Er schaut sich nach einem Café oder Restaurant um. »Wie wäre es mit italienisch?« fragt er, gegenüber ist eine Pizzeria. Plötzlich stört mich seine selbstsichere Art, mit der er davon ausgeht, daß ich mit ihm essen gehe, sobald er auftaucht.

»Ich bin bereits zum Essen verabredet«, erkläre ich. Ich füge absichtlich nicht hinzu, daß Lara auf mich wartet, soll er doch darüber nachdenken, ob ich mich mit Jan treffe.

»Oh!« Ilja guckt überrascht. Das freut mich.

»Wollen wir uns dann ein anderes Mal sehen?« schlägt er vor, plötzlich wirkt er viel unsicherer.

»Ich brauche Zeit, um nachzudenken. Ich melde mich bei dir!« antworte ich, stelle mich auf die Zehenspitzen, um ihm einen Kuß auf die Wange zu geben, und stolziere davon.

»Ist sie von Ilja?« fragt Lara, als sie mich mit der Rose in der Hand sieht.

»Woher weißt du das?« frage ich und setze mich zu ihr an den Tisch. Sie hat sich schon einen Kaffee bestellt.

»Weil das zu ihm passen würde. Der große, romantische Verführer, der alles tut, um das zu kriegen, was er will«, antwortet Lara. Wie gut sie ihn einschätzen kann, obwohl sie ihn noch nie gesehen hat. Ich erzähle ihr, daß er an der Uni aufgetaucht ist.

»Und wie geht's dir jetzt?« fragt Lara.

»Es ist aufregend, wenn ich ihn sehe.«

»Und wie ist es mit Jan?«

»Eigentlich schön. Es ist immer dann sehr schön, wenn wir vergessen, daß es da noch immer irgendwo Ilja gibt.«

Lara schweigt. Sie weiß, daß ich selbst mit alldem fertig werden muß. Je schneller, desto besser, ich habe es satt, ständig über Ilja und Jan, Jan und Ilja nachzudenken. Wir teilen uns eine große Pizza und reden über die Uni. Lara erzählt von einem Buch, das sie gerade liest.

Zum Abschied umarmt sie mich. »Weißt du, ich glaube, du mußt gar nicht so viel nachdenken. Irgendwann wird dir dein Herz sagen, was du willst. Oder wen«, sagt sie. Der Satz hätte fast von meiner emotionalen Mutter stammen können.

Ich beschließe, Ilja spontan zu besuchen. Ich werde einfach bei ihm auftauchen, in seinem kleinen Zimmer, und sehen, was zwischen uns passiert. Was mein Herz mir sagt. In der U-Bahn, auf dem Weg zu ihm, zwinge ich mich, die Zeitung zu lesen. Ich will keine Sätze im Kopf vorbereiten, ich will Ilja und mich überraschen.

Sein Mitbewohner macht mir auf. Ilja sei in seinem Zimmer. Im Flur stapeln sich Bierkisten.

Ich klopfe an Iljas Zimmertür. Von drinnen höre ich ein genervtes »Jaaa«.

Ilja liegt auf dem Bett. Er trägt karierte Boxershorts, sonst nichts. Die Boxershorts haben an einer Seite einen kleinen Riß. Als er mich sieht, springt er auf.

»Na, das ist ja eine Überraschung! Mit dir habe ich überhaupt nicht gerechnet!« Er scheint sich ehrlich zu freuen.

»Ja, ich dachte, ich komme mal vorbei. Habe ich dich geweckt?« Seine Haare sind verstrubbelt und durcheinander, was gar nicht so gut aussieht. Erst jetzt fällt mir auf, wieviel Haargel er immer benutzen muß, damit seine Locken nach einer Frisur aussehen.

»Ich war so müde, da wollte ich mich ein Weilchen hinlegen. Aber von dir werde ich gern geweckt.« Ilja schaut mich an, lächelnd. Flirten. Ich gehe nicht darauf ein.

»Ich ziehe mir schnell was an, und dann essen wir Eis. Ich hab noch welches im Gefrierfach. Was hältst du davon?« schlägt Ilja vor. Er hat nur Vanilleeis, das ich nicht mag. Ich esse es trotzdem.

Ich will nicht über uns reden und fange ein unverfängliches Gespräch über einen Film an, das Kinoprogramm liegt auf dem Tisch.

Nach einer Weile kommt Iljas Mitbewohnerin in die Küche. Sie streichelt Ilja im Vorbeigehen über den Rücken.

»Na, gut geschlafen?« fragt sie ihn.

»Ja, hab ich. Sehr gut.«

»Und hast du von mir geträumt?« Sie ignoriert mich, flirtet mit ihm, als gingen sie immer so miteinander um. Ilja sieht mich an.

»Ich habe nichts geträumt«, sagt er.

Ich esse den letzten Löffel Eis, das mir nicht schmeckt.

Sechsundvierzig

Auf dem Nachhauseweg kaufe ich ein. Ich koche Kartoffeln und Eier, schneide Zwiebeln und Fleischwurst in kleine Würfel, öffne eine Dose Erbsen und Möhrchen. Am Ende steht eine Riesenschüssel russischer Kartoffelsalat vor mir.

Jan kommt später nach Hause als sonst. Ich trage den Jeansrock, den er so gerne mag, und laufe immer wieder zum Badezimmerfenster, aus dem man die Straße vor unserem Haus sieht. Jan und sein Fahrrad tauchen nicht auf. Das Telefon klingelt mehrmals, aber ich gehe nicht ran. Wenn es Jan ist, wird er es auch auf meinem Handy versuchen. Mit allen anderen will ich nicht sprechen.

Als ich seinen Schlüssel endlich im Türschloß höre, habe ich bereits die Hälfte des Kartoffelsalats aufgegessen.

Ich gehe in den Flur.

»Ich habe ...«, fangen wir beide gleichzeitig an zu sprechen. Jan lacht.

»Du zuerst.«

»Ich habe eine Riesenschüssel russischen Kartoffelsalat für uns gemacht, aber die Hälfte ist schon weg«, erzähle ich.

»Mmh! Da freue ich mich drauf, ich bin am Verhungern! Ich habe mir ein Pilzbuch gekauft, damit ich das nächste Mal im Wald nicht mehr die falschen sammle. Du kannst mir ja reinschreiben, welche für Russen ungiftig sind.«

Ich gebe Jan einen Kuß und ziehe ihn in die Küche.

»Hast du Lust auf Wein?« fragt er.

»Ich habe Bier für uns kalt gestellt«, antworte ich.

Wir essen den Kartoffelsalat im Wohnzimmer auf der Couch, direkt aus der Schüssel, und trinken Bier dazu. Jans Lieblingskrimiserie kommt im Fernsehen.

»Was glaubst du, wer der Mörder ist?« frage ich alle fünf Minuten, um ihn zu ärgern.

Er kitzelt mich. »Hörst du endlich auf? Sonst verpassen wir den Mörder noch!«

Als die Folge zu Ende ist, macht Jan den Fernseher aus.

»Schön, daß du wieder zurück bist!« sagt er leise. Er schaut mich wieder so verliebt an wie an dem Tag, an dem ich aus Paris zurückgekommen bin.

»Woher weißt du, daß ich wieder bei dir bin?«

»Weil ich dich kenne, Anjetschka. Ich sehe es in deinen Augen.« Jan stellt sein Bier auf den Couchtisch und beugt sich zu mir. Er küßt mich leidenschaftlich, das erste Mal, seit ich aus Paris zurück bin. Ich rutsche näher zu ihm hin.

Das Telefon klingelt.

»Geh du ran«, sagt Jan. »Das ist bestimmt deine Mutter.«

Russischer Kartoffelsalat

Rezept für sechs Personen

Zutaten:

6 Kartoffeln
3 Eier
3 Essiggurken
1/2 Salatgurke
1 Zwiebel
1 kleine Dose Erbsen und Möhren
200 Gramm Fleischwurst oder gekochtes Putenbrustfilet
Dill und Petersilie
100 Gramm Mayonnaise
Essig
Olivenöl

Zubereitung (alles in eine große Salatschüssel tun):

Kartoffeln und Eier kochen, in kleine Würfel schneiden; Wurst und Gurken in kleine Würfel schneiden; Zwiebel kleinhacken; Möhrchen in kleine Scheiben schneiden; Erbsen dazugeben

Salatsoße:

Mayonnaise mit ein paar Tropfen Essig und Olivenöl mischen; Dill und Petersilie ganz kleinhacken, dazugeben; mit Pfeffer und Salz würzen; über den Salat gießen.